Matthias Morgenroth

Ein Ritter um halb vier

© privat

Matthias Morgenroth, geboren 1972, arbeitet, wenn er keine Bücher schreibt, als Journalist für den Rundfunk. Er lebt mit seiner Familie in München. Außerdem von ihm bei dtv junior im Programm: »Floretta Ritterkind«.

© privat

Imke Stotz, 1966 geboren, studierte Visuelle Kommunikation in Münster. Seitdem arbeitet sie als freie Illustratorin, Autorin und Herausgeberin. Sie lebt mit ihrer Familie in Münster.

Matthias Morgenroth

Ein Ritter um halb vier

Mit Bildern von Imke Stotz

Deutscher Taschenbuch Verlag

Das gesamte lieferbare Programm von dtv junior
und viele andere Informationen finden sich unter
www.dtvjunior.de

FSC
www.fsc.org
MIX
Papier aus verantwortungsvollen Quellen
FSC® C014889

Umschlagkonzept: Balk & Brumshagen
Umschlagbild: Imke Stotz
Lektorat: Maria Rutenfranz
Gesetzt aus der Sabon 13,75/18,3˙
Satz: Kösel, Krugzell
Druck und Bindung: Friedrich Pustet, Regensburg
Gedruckt auf säurefreiem, chlorfrei gebleichtem Papier
Printed in Germany · ISBN 978-3-423-76083-6

Für Lisa,
die auch eine große Schätzefinderin ist

1. Kapitel

Es war halb vier, als der der kleine Ritter in Theos Leben polterte, nach Drachenatem stinkend, und natürlich mit seinem Meerschweinchen. Mama war gerade seit zwei Tagen abgehauen, mit Ragnar, ihrer Freundin. Obwohl man das vor Papa natürlich nicht sagen durfte, dass Mama *abgehauen* war, weil er dann komisch schaute. Aber sie war nun mal abgehauen, weil sie das alles nicht mehr ausgehalten hatte mit Papa und seiner ganzen Arbeit und mit Milli und Theo, das hatte Theo selbst gehört.

Zuerst war es allerdings noch nicht halb vier, sondern erst halb zwei, und Theo kam aus der Schule. Papa hatte lauter kleine schwarze Bällchen auf die Teller gelegt. Und Spargel. Die kleinen schwarzen Bällchen sollten Frikadellen sein. Und der Spargel war einfach Spargel und das war schlimm genug.

Theo verzog das Gesicht. Er kannte keinen fast neunjährigen Jungen, dem Spargel schmeckte. Außer vielleicht Bernd aus seiner Klasse, aber der war insgesamt etwas seltsam und mochte auch Oliven. Dass Milli Spargel verabscheute, war ja sowieso klar. Sie war ja erst vier.

»Papa«, fing Theo an und überlegte, wie er es ihm am besten beibringen sollte.

»Na, da hab ich euch was Feines gekocht!«, rief Papa betont fröhlich und steckte sich einen Spargel in den Mund. »Das Spargelglas stand schon zwei Jahre in der Speisekammer! Da wurde es mal Zeit!«

»Papa«, versuchte es Theo noch einmal, aber in diesem Moment klingelte Papas Handy, und während er Theo und Milli freundliche Zeichen gab, doch bitte kräftig zuzugreifen, ging Papa dran. »Hallo? – Ah, Reinhard.«

Theo seufzte und saugte eine glibberige Spargelstange auf, während Papa mit Reinhard, wer immer das war, telefonierte. Aus den Augenwinkeln sah er, wie Milli sich voller Hoffnung nach etwas umschaute, was aussah wie das Feine, das Papa gekocht haben wollte. Das Spargelstück in Theos Mund wurde zäher und zäher und fühlte sich schließlich an wie ein altes Kaugummi.

»Entschuldigung, Kinder, das war die Arbeit«, sagte Papa, als er wieder aufgelegt hatte.

»Mir ist schlecht«, sagte Theo und spuckte das Spargelkaugummi aus. »Ich hab keinen Hunger.«

Wenn er daran dachte, dass heute Freitag war und Mama am Freitag Pfannkuchen mit Erdbeermarmelade gemacht hätte, so wie immer, wurde ihm ganz schwummrig. Aber Mama war abgehauen, auch wenn man das nicht sagen durfte.

»Schlecht? Mensch, Theo, hoffentlich kein Virus?«, fragte Papa sorgenvoll. »Das hätte mir gerade noch gefehlt, jetzt wo Mama – wo Mama sich erholt.«

»Wann kommt sie endlich wieder?«, schrie Milli, die immer noch nichts Feines gefunden hatte. Herausfordernd warf sie eines der kleinen schwarzen Bällchen, die Frikadellen sein sollten, gegen das Fenster. Es schepperte recht bedenklich.

»Nicht so fest«, rief Papa und sah ganz erschrocken aus, »so eine Fensterscheibe kann kaputtgehen. Die sind ziemlich hart, die Dinger!«

»Das sind Kanonenkugeln«, sagte Milli. »Ich will keine Kanonenkugeln.«

»Heute ist Freitag«, murmelte Theo.

»Heute ist Freitag, genau, Freitag«, wiederholte Milli. »Freitags gibt's Pfannkuchen!«

Theo hörte Papa laut ein- und laut ausatmen, und beinah hätte er Mitleid mit ihm bekommen. Doch dann fiel ihm ein, dass Papa selbst schuld war, denn schließlich hätte er ja wissen können,

dass weder Theo noch Milli noch sonst ein Kind (außer vielleicht Bernd aus seiner Klasse) Spargel mit verbrannten Kanonenkugel-Frikadellen mochte. Und schließlich hätte Papa auf den Kalender schauen können, dann hätte er auch sehen können, welcher Tag heute war, Pfannkuchentag nämlich.

»Niemand muss essen, wenn er keine Lust hat«, sagte Papa, nachdem er ausgeschnauft hatte. »Ihr könnt euch ja Mäuse fangen, wenn ihr wollt. Und wer das auch nicht will, der kann einfach seine Hausaufgaben machen!«

Theo sprang auf, denn an Tagen wie diesen war es eindeutig besser, Hausaufgaben zu machen, als weiter am Tisch sitzen zu bleiben. Mit einem Ohr hörte er noch, wie Milli Papa darüber aufklärte, dass sie übrigens ein Kindergartenkind sei und überhaupt keine Hausaufgaben machen müsse.

Inzwischen war es zwei Uhr geworden, aber darauf achtete Theo natürlich nicht, weil er ja nicht ahnen konnte, was um halb vier passieren würde.

Theo schaute aus dem Fenster, denn heute hatte er eine besondere Hausaufgabe auf, für die man rausgehen musste. Er stutzte kurz und sein Herz machte einen kleinen Hopser, denn für einen

Moment meinte er, Mama zu sehen, wie sie weit hinten die Straße überquerte und aufs Haus zulief. Doch als die Gestalt näher kam, sah er, dass es nur die alte Merschmeier war, die oben unterm Dach wohnte und eine rechte Hexe war.

Er seufzte.

Regen. Auch noch Regen. Nasser, kalter Oktoberregen. Theo trödelte noch eine gute halbe Stunde herum, bis kurz nach halb drei, während Papa versuchte, die Spülmaschine in Gang zu bringen, und schließlich verzweifelt aufgab.

»Ich muss Schätze der Natur suchen«, murmelte er Papa schließlich zu, dann schlüpfte er in seine Gummistiefel und zog sich seinen Regenmantel über, um zum Hausaufgabenmachen nach draußen zu gehen, in den nassen, kalten, traurigen Oktoberregen.

Ihre Lehrerin Frau Mollermann hatte ihnen in ihr Hausaufgabenheft diktiert, zehn ganz besondere Dinge aus der Natur aufzusammeln. Und die nächstbeste Natur, die Theo kannte, war der Vorgarten. Frau Merschmeier beschwerte sich sogar immer beim Hausmeister, dass es dort viel zu viel Natur gab und das Unkraut überall wucherte wie in einem Dschungel. Es versuchte sogar, die zwei

Gartenzwerge zu besiegen, die Frau Merschmeier hegte und pflegte – was sie besonders erboste.

Theo zog die Wohnungstür hinter sich zu, tapste missmutig durchs Treppenhaus und schob die Haustür auf.

Unentschlossen starrte er in den Regen. Der plätscherte leise und kalt auf das Mülltonnenhäuschen und die zwei mageren Bäume, an denen die gelben Blätter schon darauf warteten, auf die Rosenbeete hinunterzusegeln. Er tropfte auf den schiefen Gartenzaun, die zwei Zwerge und das kleine Tor, das zur Straße führte. Dort rauschten die Autos vorbei und Olaf, der Student, der über ihnen im ersten Stock wohnte und gerade einen Pappkarton mit Milch nach Hause schleppte, musste zur Seite springen, als ein Lastwagen durch eine Pfütze brauste.

»*Wer jetzt kein Haus hat, baut sich keines mehr*«, rief Olaf, als er triefend an Theo vorbeistapfte, und zwinkerte ihm zu. »Ein Gedicht, verstehst du?«

Theo verstand, denn Olaf zitierte immer irgendwelche schlauen Gedichte, die er an seiner Universität gelernt hatte.

In einem kalten und traurigen Oktoberregen ist

es ziemlich schwierig, Schätze der Natur zu finden. Unter dem Gebüsch am Zaun lag immerhin ein Schneckenhaus. Und neben dem Mülltonnenhäuschen entdeckte Theo einen weißen Stein, der auch als Schatz durchgehen konnte.

Aber dann wollte sich nichts Besonderes mehr finden lassen.

Mist. Das waren nur *zwei* Schätze.

Frau Mollermann würde es auffallen, dass bei seiner Hausaufgabe noch etwas fehlte.

Da entdeckte Theo hinter den Mülltonnen den Spaten, mit dem der Hausmeister manchmal hantierte.

Er zögerte.

Wenn keine brauchbaren Schätze herumlagen, musste er eben nach ihnen graben!

Er zog den Spaten heraus – es war so gegen zehn nach drei – und schob die grüngraue Plastikfußmatte zur Seite, die vor der Haustür lag. Darunter war Kies und darunter warteten vielleicht noch acht ganz besondere Schätze der Natur auf ihn!

Nach dem Kies – es war inzwischen zwanzig nach drei – kamen rötliche Backsteinbrocken und die sahen schon ziemlich nach einem Schatz aus.

Gerade als Theo zwanzig Schaufeln Kies und

fünf schöne Backsteinbrocken neben sich im Rosenbett aufgestapelt und ein beachtliches Loch vor der Haustür gegraben hatte, knallte es plötzlich entsetzlich hinter ihm.

Es war inzwischen genau halb vier.

Das Gartentor flog auf. Theo duckte sich. Mit lautem Geschrei und in vollem Galopp preschte der kleine Ritter an ihm vorbei.

»Tor zu!«, schrie er und fuchtelte mit seinem Schwert. »Das Ungeheuer ist hinter mir her! Zu Hilfe! Tor zu!«

Theo gab erschrocken dem Gartentor einen Fußtritt, sodass es scheppernd ins Schloss fiel. Von der Straßenseite war ein wütendes Fauchen zu hören.

Theo schloss die Augen und öffnete sie wieder.

Der kleine Ritter ritt auf einem braun gescheckten Meerschwein. Es trug einen rosa Sattel.

Das Nächste, was Theo sah, war, wie der kleine Ritter mitsamt dem rosa Meerschweinchen mit lautem Geschrei in das Loch purzelte, das Theo gerade gegraben hatte. Denn der Ritter war wirklich ziemlich klein und das Loch für ihn ziemlich groß.

Es schepperte gewaltig, dann war für einen Moment alles still.

Theo schluckte. Vielleicht war er eingeschlafen und in einen außerordentlich lebendigen Traum geraten? Aber der Regen tröpfelte immer noch auf ihn herab und auch sonst fühlte er sich ziemlich wach an.

»Ha!«, hörte er den kleinen Ritter aus dem Loch rufen. »Rosalinde! Eine Falle! Kaum dem Drachen entronnen, wartet neue Unbill! Dieses Loch war auf meiner Karte nicht verzeichnet.«

Theo ging in die Knie und spähte hinunter. Der kleine Kerl trug einen verbeulten, viel zu kleinen Helm und eine Rüstung, die sich über seinem

Bauch ziemlich rund wölbte. Umständlich rappelte er sich auf und packte sein Schwert mit beiden Händen.

»Wes Land ist dieses finstre Loch?«, rief er herausfordernd, wobei ihm sein Helm vom Kopf rutschte. »Welch Herrscher herrscht und regiert über diese Falle? – Ha! Keine Antwort, nirgends. Wie unhöflich. Doch dort, sieh an! Zwei Ohren!«

Theo schluckte wieder. Das waren seine Ohren, die der kleine Kerl meinte!

Der kleine, verbeulte, erdige Ritter, dessen Backen vor Aufregung rot glühten, hob drohend sein Schwert. »Rosalinde, jetzt gilt's! Stelle sich, wer immer dort oben zwei Ohren hat, dem offenen Kampf! Zeig dich, Kerl, und lass mich aus diesem Loch heraus, bevor ich dich aufspieße!«

Theo sprang auf, denn das Schwert sah spitz aus.

Doch es fiel dem Ritter vor Schreck beinah aus der Hand, als er Theo in seiner vollen fastneunjährigen Größe sah. »Oh! Oh! O weh! Wie sind die Leute groß hier. Dem Drachen entkommen, den Riesen in die Arme gelaufen! Gnade uns Gott! Welch ungleicher Kampf!«

Theo räusperte sich. »Du – du brauchst keine Angst zu haben!«, sagte er. (Er hatte keine Ahnung, ob man Ritter duzen darf.) »Und du brauchst auch nicht so herumzufuchteln, ich tu dir nichts!«

Der kleine dicke Ritter sah scharf zu ihm hinauf. »Wisse: Ich habe keine Angst! Niemals nicht! Und wisse auch: Ich fuchtle nicht, ich kämpfe nach allen Regeln der Kunst. Sag mir deinen Namen, dann werde ich auch meinen kundtun!«

»Theo«, sagte Theo. »Eigentlich Theobald. Theobald Herzig.«

»Theo Eigentlich Theobald«, wiederholte der kleine Ritter und wurde plötzlich ganz andächtig. »Welche Ehre! Ein Herzog! Theo Eigentlich Theo bald Herzog herrscht über dieses Loch!«

»Herzig!«, verbesserte ihn Theo, doch der kleine Kerl hörte nicht auf ihn.

»Durchlaucht, der du bald Herzog wirst, Kasimir mein Name. Freunde nennen mich Kasimir mit dem gebrochenen Herzen.« Der kleine Ritter rappelte sich auf, verbeugte sich, legte sein Schwert zur Seite und zog eine kleine silberne Taschenuhr aus seiner Rüstung. »Ah! Halb vier!«, sagte er zufrieden, als er sie aufgeklappt hatte. »Gerade noch rechtzeitig angekommen! Dieses Scheusal hat mich über die Maßen aufgehalten ...«

Der kleine Ritter, der sich Kasimir mit dem gebrochenen Herzen nannte, hielt inne, stellte sich auf die Zehenspitzen und deutete besorgt aufs Gartentor hinter Theos Rücken. »Ist es fest versperrt und verriegelt? Bewacht und verschlossen? Nicht, dass dieses Drachenscheusal hereinkommt. Es reicht, dass es mit seinem Feueratem Rosalindes Schwanz und mein halbes Hinterteil versengt hat.«

»Drachenscheusal?« Mit einem Mal bemerkte Theo den strengen Geruch, der in der Luft lag. Der Ritter oder das Meerschwein mit dem rosa Sattel oder beide stanken ganz erbärmlich angebrannt.

Theo schaute übers Gartentor, aber er sah nur den 9er-Bus, der gerade vorbeifuhr. »Da gibt's keinen Drachen, da ist die Straße«, sagte er.

Der kleine Ritter kletterte mühsam aus dem Loch und stellte sich neben Theo. Er war nicht mal so groß wie Theos Gummistiefel.

»Was ist das dann da für ein Lärm?«, fragte er herausfordernd. »Na? Dieses Fauchen? Dieses Rauchen? Dieses Stinken?«

»Das sind Autos!«, erwiderte Theo. Vor ihrem Haus war immer viel Verkehr.

»Dann achte eben darauf, dass diese Autos nicht hereinkommen!«, befahl der Ritter. »Und jetzt zur Sache! Her mit dem Schatz!«

2. Kapitel

Das würde ihm kein Mensch glauben, dachte Theo. Außer vielleicht Berta aus seiner Klasse, die hatte schon mal ein Ufo gesehen. Hatte sie zumindest behauptet.

Aber ein kleiner, verbeulter, halb angebrannter Ritter auf einem Meerschwein! Und was sollte das heißen: Her mit dem Schatz?

Theo war sich sicher, dass ihn jeder aus seiner Klasse, außer vielleicht Berta, für verrückt erklären würde, wenn er es jemals wagen sollte, zu erzählen, wer an diesem Freitag um halb vier bei ihm aufgetaucht war!

Jetzt zog der kleine Ritter eine Pergamentrolle aus seiner Rüstung. »Zum Glück ist meine Schatzkarte nicht verbrannt. Mal sehen. Hier der Berg. Danach dieser reißende Fluss ohne Brücke. Dann das Drachental. Dann das Herzogtum nach dem Drachental, am besten zu betreten um halb vier! Dort liegt der Schatz. Stimmt alles.«

»Ein Schatz bei uns?« Theo wurde immer verwirrter. »Ich suche auch gerade Schätze!«

Der kleine Ritter starrte ihn erstaunt an. »Dann immer her damit!«

»Ich suche nur Schätze der Natur«, sagte Theo schnell. »Das ist meine Hausaufgabe. Du brauchst keine Angst zu haben!«

»Wisse«, sagte der kleine Ritter Kasimir würdevoll und wischte sich etwas Drachenfeuerruß vom Bauch, »ich habe keine Angst, niemals nicht! Ich mach mir nur Sorgen!«

Er deutete auf die Tür des Mülltonnenhäuschens. »Wo geht's da hin?«

»Äh – zum Müll.«

»Und weiter?«

»Dahinter kommt nichts mehr«, meinte Theo.

»Meinst du«, murmelte der kleine Ritter und studierte wieder seine Schatzkarte. »Nicht, dass das Biest hereinfindet! Dieses lila geschuppte Biest! Mit derartigen lila geschuppten, Feuer speienden Drachen ist nicht zu spaßen!« Er überlegte einen Augenblick, dann trällerte er: »*Drachen sind nicht zum Lachen – nicht im Schlaf und nicht im Wachen!*«

Theo schaute vorsichtshalber das Mülltonnenhäuschen noch einmal genauer an. »Äh – darf ich fragen, woher du kommst?«

»Von da hinten«, gab der kleine dicke Ritter zur Antwort und deutete hinter sich. »Ich habe doch den Drachen, diesen lila geschuppten, Feuer speienden, schon erwähnt, oder? An dem musste ich vorbei, aber jetzt bin ich da, um den Schatz für meine Herzeloide zu finden! Ach! Meine Herzeloide! Sonntagnachmittag um vier muss ich zurück sein, um ihr den Schatz zu geben!«

Er zog wieder seine Taschenuhr aus der Rüstung und klappte sie auf. »Es ist noch Zeit! Nun brauch ich nur den Herzog dieses Reichs und natürlich seine höchsteigene Erlaubnis, den Schatz zu heben.«

In diesem Augenblick schob Milli die Haustür auf.

»Theo«, rief sie, »Papa holt uns heute Abend Pizzas, wenn er mit seinem Computer fertig ist. Hat er versprochen. Ihm haben die Kanonenkugeln nämlich auch nicht geschmeckt. Und hier hab ich Schokolade für … dich!«

Theo wollte gerade noch »Vorsicht!« rufen, aber es war schon zu spät. Milli war in sein Schätze-der-Natur-Loch gestolpert, und während sich das Meerschweinchen mitsamt seinem rosa Zaumzeug mit einem Sprung unter die Rosen rettete, schrie Milli wie am Spieß.

Es ist manchmal nicht leicht, eine vierjährige Schwester zu haben.

So tief war das Loch nun auch wieder nicht.

Papa kam die Treppen heruntergepoltert, riss die Haustür auf, warf einen Blick auf Theo, Milli, Kieshaufen und Loch – und begann zu brüllen. Theo bekam einen riesigen Schreck, denn brüllend kannte er Papa gar nicht. »Theo! Was, um alles in der Welt, machst du da?«

»Hausaufgaben!«, brüllte Theo zurück.

»Hausaufgaben macht man am Schreibtisch!«, brüllte Papa weiter, während er Milli aus dem Loch zog, obwohl sie ohne Probleme selbst hätte aufstehen können. Nicht mal die Schokolade, die sie immer noch in ihrer Hand hielt, war dreckig geworden.

»Am Schreibtisch kann ich aber keine Schätze der Natur finden!«, brüllte Theo zurück. »Was kann ich denn dafür, dass ich zehn Schätze suchen soll! Was kann denn ich dafür, dass ständig Leute in mein Loch fallen!«

Aus den Augenwinkeln sah er, dass sich der kleine Ritter Kasimir respektvoll hinter die beiden Gartenzwerge duckte. Papa hatte ihn anscheinend nicht bemerkt.

»Jetzt hat es sich ausgesucht«, schnaufte Papa, während Milli noch einmal extra laut aufschrie und auf ihr Knie deutete. »Hiermit ist es ab jetzt offiziell verboten, irgendwelche Schätze zu suchen. Ich werde dir am Montag eine Entschuldigung für Frau Mollermann schreiben.«

»Wenn Mama da wäre, dürfte ich in Ruhe Hausaufgaben machen!«, rief Theo wütend.

Papa stöhnte auf und trug die braune, erdige und strampelnde Milli ins Haus, die abwechselnd auf ihr völlig heiles Knie und ihre völlig heile Nase deutete. »Ich brauch ein Pflaster!«, brüllte sie. »Ein Pflaster für hier und hier!«

»Wenn Mama da wäre, würde Milli endlich ein

Pflaster bekommen«, rief Theo Papa nach. Er stritt sich nicht gerne mit ihm, aber es war nicht zum Aushalten! Theo konnte ja wirklich nichts für das Loch, zumindest nicht direkt, Hausaufgaben sind schließlich Hausaufgaben. Und er konnte auch nichts dafür, dass Milli einfach ins Loch reinfiel, dass Spargel nicht schmeckte und dass sich Papa neben der vielen Arbeit im Architekturbüro jetzt ganz alleine um ihn und Milli kümmern musste, weil Mama mit ihrer Freundin Ragnar nach Italien abgehauen war, um dort nackte Statuen anzuschauen, damit Papa mal erleben konnte, wie das ist, wenn man immer weg ist. Obwohl man das mit dem Abhauen nicht vor Papa sagen durfte, weil er dann komisch schaute. Theos Geburtstag übermorgen würde ein trauriges Fest werden, da war sich Theo sicher, obwohl er sich getraut hatte, Mara einzuladen, die erst seit Anfang des Schuljahrs bei ihm in der Klasse war und die er richtig nett fand.

»O weh«, hörte er den kleinen Ritter Kasimir stöhnen. »Welch gestrengen Herrn hat dieses Land! Der Herzog verbietet das Schatzsuchen! Solch ein Unglück! Pech! Verzweiflung! Wozu bin ich über den reißenden Strom ohne Brücke, wozu vorbei am lila geschuppten Monstrum mit seinem Feueratem! Ich bin so nah am Ziel! Um halb vier im Herzogtum hinterm Drachental links liegt der Schatz, hier ist's verzeichnet.«

»Papa ist sonst nicht so ungerecht.« Theo schniefte. »Das ist alles nur, weil Mama weg ist.«

»Weg? Geraubt? Entführt? Gestohlen?« Ritter Kasimir mit dem gebrochenen Herzen faltete seine Schatzkarte wieder zusammen.

»Nein. Mama ist abgehauen«, sagte Theo leise. »Vielleicht kommt sie nie wieder!«

»Abgehauen?« Der kleine dicke Ritter starrte ihn ungläubig an. »Die Herzogin ist abgehauen? Das würde ich mir aber nicht gefallen lassen!«

Theo zuckte mit den Schultern. »Sie braucht ihre Freiheit, hat sie gesagt. Ich hab es selbst gehört.«

»Das lässt sich der Herr Herzog bieten? Mit dem müsste ich mal ein Wörtchen reden! Mit edlen Frauen kenne ich mich aus!«

»Wirklich?« Theo horchte auf.

Der kleine Ritter nickte eifrig und seine Backen begannen wieder zu leuchten. »Man muss sie umwerben! Besingen! Auf Händen tragen! Seit Jahren und Wochen übe ich das bei meiner Herzeloide!«

»Dann … könntest du … vielleicht Papa helfen?«, fragte Theo und überlegte, doch er kam mit seinen Gedanken nicht weit, denn oben klapperte das Dachfenster.

Kasimir zuckte zusammen. »Wer da? Der Drache?«

»Was ist denn da unten los?« Ein zerknittertes Gesicht umrahmt von rot gefärbten Haaren spähte auf sie herab.

Kasimir atmete auf, aber jetzt zuckte Theo zusammen.

»Thilo, bist du das?«, keifte das zerknitterte Gesicht. »Ich möchte einmal erleben, dass du auf Mitbewohner dieses Hauses Rücksicht nimmst.«

»Ja, schon gut«, murmelte Theo, »ich mach nur Hausaufgaben. Und außerdem heiße ich Theo.«

»Hausaufgaben! Frechheit! Was soll an dem Dreck da unten die Hausaufgabe sein? Räum das sofort auf! Und mach die Haustür zu, sonst kommen die Mäuse rein!«

Mit einem Rumms wurde das Dachfenster wieder zugeschlagen.

»Wer wohnt denn dort im Turm?« Kasimir legte den Kopf in den Nacken und das Meerschweinchen schnupperte in die Luft. »Wer wagt es, mit dem kleinen Herzog so umzuspringen?«

»Das ist nur die Merschmeier, die alte Hexe«, grummelte Theo.

»Was?« Der kleine Ritter wurde plötzlich ganz blass. »Eine Hexe wohnt dort? Ausgerechnet! O weh, Rosalinde, wo sind wir bloß hineingeraten! Das ist ja beinah noch schlimmer als der Drache!«

»Quatsch«, meinte Theo, »das sagt man doch bloß so. Die Merschmeier *ist* keine alte Hexe, sie ist nur alt.«

»Meinst du! Hexen können dich in einen Stein verwandeln, wenn du ihrem Blick nicht standhalten kannst, ohne zu zwinkern! Alles schon vorgekommen!«

Theo kratzte sich am Kopf. Was redete der kleine Kerl da? Es stimmte schon, die Merschmeier starrte ihm immer nach. Aber eine Hexe? Das konnte nicht sein. Allerdings konnte der kleine Ritter eigentlich auch nicht sein.

»Erst ein Drache«, jammerte der kleine Ritter weiter und lehnte sich erschöpft an sein

Meerschwein, »dann auch noch eine Hexe. Aber das Schlimmste ist, dass der alte Herzog uns das Schatzsuchen verboten hat. Gute Rosalinde, was machen wir jetzt?!«

Das Meerschwein schaute seinen Herrn treuherzig an und fiepte leise.

»Moment!« Theo hatte seinen Gedanken von vorhin zu Ende gedacht. »*Ich* helfe dir, deinen Schatz zu finden.«

Der kleine Ritter Kasimir hob den Kopf. »Wirklich und wahrhaftig?«

Theo nickte. »Wenn … wenn du im Gegenzug meinem Papa hilfst. Damit Mama so schnell wie möglich zurückkommt! Du musst ihm alles über Frauen und über Liebe sagen, was du weißt!«

Kasimir wackelte mit dem Kopf. »Hm … eine Falle? Ein schlechter Handel? Nein! Ein wahrlich ritterlicher Plan! Theo bald Herzog hilft mir und ich helfe dem alten Herzog, damit Theo bald Herzog mit seiner Frau Mutter geholfen ist!« Kasimir spuckte in die Hände. »Rosalinde, komm, der kleine Herzog gewährt uns Unterschlupf. Hab Dank für deine Gastfreundschaft! So finde ich den Schatz für meinen Schatz und der Herzog soll seinen Schatz auch wiederfinden! Nur schnell, schnell! *Die Zeit vergeht, es wird schon spät!*«

Kasimir zog das Meerschweinchen Rosalinde am Zügel hinter sich her zur Haustür hinein. Theo warf einen Blick auf das Loch, das er gegraben hatte und in dem das Regenwasser leise versickerte. Aber jetzt hatte er beim besten Willen keine Zeit, es wieder zuzuschaufeln.

Vielleicht fiel ja auch noch die Merschmeier rein.

»Was liegt dahinter?«, fragte Kasimir misstrauisch und deutete auf die Briefkästen im Hausflur.

»Briefe«, antwortete Theo.

»Briefe? Und dann?«

»Danach kommt nichts mehr«, meinte Theo.

»Denkst du!«, hörte er den kleinen Ritter murmeln, während er sein Meerschwein antrieb, die erste Treppenstufe hinaufzuspringen. »Spiegelglatt! – Welch – edler – Marmor!«

Theo drückte sich an die Wand. »Warte!«

Auf dem Treppenabsatz, vor ihrer Wohnungstür, stand die Merschmeier und redete auf Papa ein.

»... das versteh ich schon, dass es für Sie jetzt nicht einfach ist, so alleinerziehend!«, hörte Theo sie sagen. »Aber gerade dann brauchen Kinder eine starke Hand!«

Theo spürte ein fürchterliches Stechen in der Brust. Das war der Beweis! *Alleinerziehend,* hatte sie gesagt. *Papa alleinerziehend!* Da mochte er es noch so sehr abstreiten. Theo hatte recht mit seinem Verdacht. Mama war nicht nur irgendwie überraschend mit ihrer Freundin Ragnar weggefahren. Mama war richtig abgehauen. Und sie würde nicht mehr zurückkommen! Obwohl er übermorgen Geburtstag hatte!

»Ich habe schon mit ihm geredet«, hörte er Papa antworten. »Und das Schätzesuchen ist ab jetzt verboten! Keine Sorge!«

Neben ihm hörte Theo den kleinen Ritter aufwimmern.

»Schön und gut, Herr Herzig.« Das war wieder die Merschmeier. »Aber es ist nie nur einer allein schuld. Sie werden schon auch Ihren Anteil daran haben. Ich dulde es auf jeden Fall nicht, dass die Hausgemeinschaft darunter zu leiden hat! – Ah!

Da haben wir ja auch den kleinen Thilo! Hat er aufgeräumt, na?«

Sie starrte zu ihm die Treppe hinunter.

Sie hatte wirklich einen durchdringenden Blick.

Theo spürte, wie der kleine Ritter Kasimir sich hinter seinen Beinen versteckte und zischte: »Nicht blinzeln.«

Theo blinzelte nicht. Er war viel zu wütend, um zu blinzeln. Wütend auf Papa. Warum wusste Frau Merschmeier, dass Papa ab jetzt alleinerziehend war – und er nicht?

»Warum hast du mir nichts davon gesagt!«, schrie es aus Theo heraus.

Und ohne die Antwort abzuwarten, stürmte er an Papa vorbei durch die Wohnungstür ins Kinderzimmer.

Er war immerhin schon fast neun. Da muss man doch erfahren dürfen, was die Eltern miteinander so vorhaben.

Milli schaute erstaunt von ihrem Puzzle auf.

Er hörte noch die Merschmeier irgendwas meinen, sicher etwas Unverschämtes, dann kam Papa hinter ihm her. »Theo! Was ist denn los? Zieh doch bitte deine Gummistiefel aus. – Wir hatten das doch schon besprochen!«

»So?« Theo trat gegen seine Legoritterburg, dass die Steine in alle Richtungen spritzten. Doch auch das war ihm egal, obwohl er zwei Wochen lang an den Türmen und dem Haupthaus getüftelt hatte.

»Au!«, rief Milli empört und schob ihr Puzzle beiseite. »Du hast mich am Bein getroffen. Papa, ich brauch ein Pflaster!«

Papa achtete nicht auf sie. »Ja, unten, gerade eben, vor dem Haus haben wir ausgemacht, dass ich dir eine Entschuldigung schreibe und du dafür das Schatzsuchen bleiben lässt – oh, Augenblick!«

Das Handy klingelte und wie immer ging Papa sofort dran. »Ja bitte? Ach, Olga …«

Olga? Theo warf sich aufs Bett. Wer war jetzt auch noch Olga? Plötzlich musste er an Aschenputtel denken und an Schneewittchen und daran, dass er keine Stiefmutter haben wollte. Auf keinen Fall.

»Du hast mir voll wehgetan mit deinem Legoteil!«

Milli bedachte ihn mit einem bösen Blick und Theo murmelte: »Entschuldigung.«

Aber Milli rannte hinter Papa her und schrie weiter nach einem Pflaster.

»Oh, oh!«, ließ sich plötzlich Kasimir vernehmen und das klang sehr begeistert. »Eine Burg! Etwas verfallen zwar, aber in wunderbaren Farben! Dürfen wir es wagen einzutreten? Wenn doch nur meine holde Herzeloide diese bunte Anlage sehen könnte!«

Theo fuhr hoch. Vor lauter Wut hatte er gar nicht mehr auf den kleinen Ritter geachtet. Er war ihm in die Wohnung gefolgt.

»Hat die alte Hexe dieses stolze Bauwerk mit einem Fluch zerstört?«, fragte der Ritter und musterte die Burg fachmännisch.

»Nein, das war ich selbst«, grummelte Theo wütend. »Gerade eben.«

Der kleine Ritter sah ihn prüfend an. »Hoffentlich hat dich die Hexe nicht schon erwischt und du stehst in ihrem Bann, um ihren dunklen Willen zu tun!«

»Ich glaube die Geschichte mit der Hexe nicht«, knurrte Theo. »Meine Mama ist abgehauen, das ist mein Problem, verstehst du?«

Der Ritter wackelte sorgenvoll mit dem Kopf. »Dies ist keine ungefährliche Gegend hier, oder? Rosalinde, liebes Schwein!? Oh – wo geht's da hin?« Er deutete auf Theos Kleiderschrank.

»Zu meinen Pullis«, antwortete Theo wahrheitsgemäß.

»Und dann?«

»Dann kommt nichts mehr«, sagte Theo.

»Glaubt er! Rosalinde, komm in Deckung!« Kasimir gab seinem Meerschwein einen Klapps auf den Hintern, woraufhin es mit einem Sprung über die halbhohe Legoburgmauer sprang. Der Ritter kletterte hinterher.

»Irgendwie stimmt hier nichts, entweder es ist zu groß oder zu klein«, hörte Theo ihn murmeln. »Seltsames Herzogtum. Aber nach dem Drachental links, so war es verzeichnet. Ah, ein Katapult. Vielleicht ist es uns möglich, wenigstens ein paar Mäuse zu fangen. Ich habe ein Loch im Bauch, dass es scheppert. Ehrenwerter Theo Eigentlich Theobald, wenn du uns dem alten Herzog vorgestellt hast, frage ihn doch gleich, wo es die besten Mäuse gibt. *Der Hunger knabbert am Gemüt, drum sing ich mir ein Lied!* Ich werde dem Herzog mit vollem Bauch viel besser helfen können. Liebhaber brauchen einen gut gefüllten Bauch.«

»Mäuse gibt's nur im Keller.« Theo knipste das Licht über seinem Bett an, denn es wurde schon dämmrig.

»O weh!«, rief Kasimir und hielt sich erschrocken die Augen zu. »Was ist das? Es blitzt oder brennt! Ist es das lila geschuppte Biest?«

»Das ist nur die Glühbirne!« Theo musste wider Willen grinsen. Er kannte keinen, der sich von einer Glühbirne erschrecken ließ (außer vielleicht der kleine Kalli vom Nachbarhaus, der erschrak auch vor Fliegen).

Kasimir blinzelte vorsichtig zwischen den Fingern durch. »Eine Birne, die leuchtet. Eine Zauberbirne! Doch nicht von der Merschmeierhexe?«

»Die ist aus dem Supermarkt«, sagte Theo.

»Supermarkt«, wiederholte Kasimir ehrfurchtsvoll, »Oh – und dort! Welche Freude. Du hast ja Fahnen aller bedeutenden Rittergeschlechter als Wandbehang!« Er deutete auf die Plakate, die Theo überall im Zimmer aufgehängt hatte. Zumindest überall auf seiner Seite. Auf der anderen Seite des Zimmers, über Millis Bett, flogen rosa Feen.

»Entschuldige, Theo, das war die Arbeit.« Papa kam wieder herein und Theo konnte seine ritterlichen Wandbehänge nicht weiter erklären. Aus dem Wohnzimmer hörte er den Fernseher und das Lied der Schlümpfe und Milli, wie sie mitsang. Der kleine Ritter machte ihm hinter der Burgmauer ein Zeichen und wies auf seine Uhr: »Vorstellen! Es ist schon halb vier!«

»Also, warum bist du so wütend geworden?«, fuhr Papa fort. »Ich hab dich doch so gut es ging vor der Merschmeier verteidigt!«

Er setzte sich neben Theo aufs Bett.

Theo starrte ihn an. »Aber du bist jetzt alleinerziehend und hast auch deinen Anteil daran und hast mir nichts davon gesagt!«

Papa seufzte. »Lass doch die Merschmeier reden! Wenn sie meint, ich wäre schuld daran, dass du Löcher gräbst, bitte schön!«

Theo stutzte. »Wer redet denn von Löchern. Ich rede von Mama.«

»Ach, Theo, ich gebe mir doch echt Mühe, dass wir es auch allein schaffen!«, sagte Papa unglücklich. »Sie braucht eben mal … na ja, ihre Freiheit.« Er schwieg und schien in Gedanken. »Nackte Statuen!«

»Du, Papa, ich hätte … äh … einen Vorschlag«, begann Theo vorsichtig.

Doch Papa hörte ihm nicht zu, er stieß einen Schrei aus. »Was macht denn das Meerschweinchen hier?«

Theo folgte seinem Blick und sah gerade noch, wie Rosalinde in die Kiste mit den Stiften sprang.

»Du kannst doch nicht einfach ein Meerschweinchen einschleppen!«, sagte Papa entrüstet. »Das braucht doch einen Stall! Und außerdem hatten wir doch verabredet, dass es bei uns keine Haustiere gibt!«

Theo holte tief Luft. »Ich habe das Meerschweinchen nicht eingeschleppt. Das gehört … dem Ritter Kasimir. Der wartet schon, dass ich ihn endlich vorstelle, er könnte dir nämlich helfen …«

Theo sah Papas erstaunten Blick auf sich ruhen,

aber da klingelte das Handy schon wieder und Papa eilte aus dem Zimmer. »Olga, nein, ich hab noch nichts regeln können ... aber wenn alle Stricke reißen, haben wir ja noch Plan B.«

»Ich habe gar keine Olga kommen hören«, rief der kleine Ritter aus der Legoburg heraus. »Hat feine Ohren, der Herr Herzog.«

»Nein«, meinte Theo, »ein Handy.«

»Ein Diener, Kellner, Kastellan, vermute ich. Vergiss nicht, meine Schatzsuche zu erwähnen! Und die Strapazen, die schon hinter mir liegen! Und dass Herzeloide, die stolze Maid, mir Hoffnungen gemacht hat. Ernsthafte Hoffnungen, dass sie mich heiraten wird. Ich soll nur endlich aufhören mit dem Gesinge vor ihrem Fenster, hat sie gesagt. *Gesinge* hat sie gesagt, man stelle sich das mal vor!«

»Was?« Theo kam nicht ganz mit. »Was ist mit deiner Herzeloide?«

»Ach! Ach!«, hörte Theo den Ritter aus der Legoburg seufzen. »Meine beste und angebetete Herzeloide bestand darauf, ich soll aufhören mit dem Gesinge – sie hat tatsächlich *Gesinge* gesagt! Und stattdessen sollte ich allen Gefahren trotzen und ihr den Schatz bringen, der in der Schatzkarte verzeichnet ist! Als Beweis meiner Liebe! Bis Sonntag um vier! *Ach! Herzeloide, meine Freude, frei mich heute!* – Erzähle und eröffne ihm das alles, dem alten Herzog, deinem edlen, doch aufbrausenden Vater, dann wird er hoffentlich sein Ritter verachtendes Verbot aufheben! Ich habe wirklich nicht mehr viel Zeit! Ich werde ihn im Gegenzug zum besten Liebhaber des Herzogtums ausbilden!«

Der Ritter klappte seine Taschenuhr auf und blickte sorgenvoll aufs Zifferblatt. »Ah! Gerade ist es halb vier! Es ist noch Hoffnung und noch Zeit!«

»Bist du sicher, dass die Uhr auch geht?« Theo schaute dem kleinen Ritter über die Schulter. »Es müsste doch inzwischen später sein!«

»Ist es aber nicht«, erwiderte Kasimir und klappte die Uhr wieder zu. »Und übrigens, meine Uhr geht nicht, sie hängt. An dieser silbernen Uhrenkette.«

4. Kapitel

»Du musst dieses Meerschweinchen zurückbringen, wo immer du es her hast«, sagte Papa, als sie beim Abendessen im Wohnzimmer saßen. Draußen war es schon dunkel, denn inzwischen war es sechs, zumindest auf der Wohnzimmeruhr. Papa hatte die dicke gelbe Kerze angemacht, die er zu seinem Geburtstag von Mama bekommen hatte.

Theo holte tief Luft. »Du hörst mir nicht zu. Das Meerschweinchen gehört nicht mir …«

»Papa!«, schrie Milli in diesem Augenblick, und

wieder kam Theo nicht dazu, seinen Gast vorzustellen. »Der Toaster brennt!«

Papa sprang auf. Aus dem Toaster, den er neben sich auf einen Stuhl gestellt hatte, qualmte es. »Meine Güte, wer hat denn das Rädchen auf *Stärke zehn* gestellt? Au! Ist das heiß!«

Mit spitzen Fingern versuchte er, zwei schwarz verkohlte Brotscheiben aus dem Toaster zu ziehen.

»Ich will Pizza!«, murrte Milli. »Du hast gesagt, wir essen abends Pizza!«

Papa schaute schuldbewusst. »Ich hab dir doch schon gesagt, dass ich kein Geld mehr im Haus habe, um den Pizzaboten zu bezahlen. Morgen, Milli, bestellen wir Pizza! Ich verspreche es!«

»Mama kann auch Tiefkühlpizza machen«, beschwerte sich Milli weiter.

Papa wischte sich den Schweiß von der Stirn und jetzt machte sich Theo Sorgen, ob Papa vielleicht einen Virus erwischt hatte und fieberte. »Also, Theo, was ich sagen wollte, das Meerschweinchen muss zurückgebracht werden. Wo ist es überhaupt?«

»Es hat einen rosaroten Sattel«, sagte Milli.

Theo schaute sie irritiert an. »Hast du es gesehen?« Er hatte gedacht, Milli hätte die ganze Zeit vor dem Fernseher gesessen und nichts mitbekommen.

Milli nickte. »Natürlich. Und gestreichelt. Ich finde es super, dass wir jetzt ein Haustier haben. Statt Mama.«

»Haben wir nicht«, sagte Papa streng.

»Papa«, begann Theo noch einmal, »ich kann es nicht zurückbringen ...«

»Doch, kannst du«, sagte Papa und biss energisch in eine saure Gurke.

»... kann ich nicht!« Theo merkte, wie er wütend wurde. »Wenn du mich nicht dauernd unterbrechen würdest, dann hättest du schon längst mitbekommen, dass das Meerschweinchen Kasimir gehört.«

»Aha.« Papa kaute ungerührt weiter. »Dann ist ja gut. Dann kann ja Kasimir das Meerschweinchen gleich morgen wieder abholen!«

»Wenn er seinen Schatz gefunden hat, wird er das auch tun«, sagte Theo mürrisch. Das Gespräch lief überhaupt nicht nach Plan.

»Fang nicht schon wieder mit dem Schatz an«, sagte Papa und steckte zwei neue Brotscheiben in den Toaster, nachdem er kontrolliert hatte, dass das Rädchen auch wirklich nur auf *fünf* stand.

»Ich habe der alten Hexe Merschmeier versprechen müssen, dass niemand mehr im Garten nach Schätzen gräbt.«

Aus der Ecke kam ein Wimmern.

Papa erstarrte. »Ist das das Meerschweinchen? Das klingt aber nicht glücklich!«

Theo holte tief Luft. »Nein, das war nicht das Meerschweinchen.«

»Das Meerschweinchen liegt in meinem Puppenbett«, warf Milli ein. »In der Küche.«

Papa schaute immer verwirrter. »Habt ihr noch ein Tier reingeschmuggelt?«

»Kein Tier! Das ist der Ritter Kasimir. Er wird dir eine große Hilfe sein – wegen Mama!« Theo hielt inne.

»Ritter?« Papa legte sein Messer beiseite.

»Er ist zwar nur sehr klein«, meinte Theo betont munter. Aber er kennt sich aus bei Frauen! Wirklich! Es geht ums Rückerobern, verstehst du?«

»Er ist nur sehr klein?«, wiederholte Papa verständnislos.

»Aber er ist ein großer Liebhaber und könnte dich beraten. Wie man mit Frauen umgeht, damit sie nicht weglaufen, sondern wieder zurückkommen«, fuhr Theo fort.

»Er ist ein … großer Liebhaber …«

Papa stöhnte leise.

»Und umgekehrt möchte er dich bitten, dass du ihm erlaubst, nach seinem Schatz zu suchen, und dein Schatzsuchverbot aufhebst«, erklärte Theo. »Es war nicht leicht für ihn, überhaupt so weit zu kommen und pünktlich hier zu sein!«

»*Nimm lieber mich, ich liebe dich, hier ist ein Schatz und auch ein Schmatz*«, hörte Theo es leise wispern. Doch anscheinend nur er, denn jetzt legte ihm Papa seine Hand auf den Arm. »Theo. Du brauchst dir keine Sorgen wegen deiner Hausaufgabe machen. Ich schreibe Frau Mollermann eine Entschuldigung wegen der Schätze, das hab ich doch gesagt.«

»Es geht nicht um meine Hausaufgabe«, wehrte Theo ungeduldig ab. »Der Schatz ist auf einer Schatzkarte eingezeichnet! Nach dem Drachental links kommt das Herzogtum, in dem der Schatz verborgen ist.«

Jetzt legte ihm Papa die Hand auf die Stirn.

»Mein Junge«, hörte er ihn murmeln, »ich verstehe ja, dass das im Augenblick alles ein wenig viel für dich ist. Für mich ja auch.«

Theo wandte seinen Kopf ab. »Papa, ich hab

kein Fieber! Ich hab Besuch! Ritterlichen Besuch! Kasimir ist heute Nachmittag auf seinem Meerschwein zu uns gekommen. Um halb vier! Beinah hätte ihn der Drache erwischt, so ein lila geschuppter, besonders gefährlicher! Und diese ganze Strapaze hat er auf sich genommen, weil seine angebetete Herzeloide einen Schatz von ihm will, bevor sie ihn heiratet! Als Beweis seiner Liebe!«

»Gerade dann brauchen Kinder eine starke Hand«, murmelte Papa und fuhr sich übers Gesicht. Dann sagte er ernst: »Theo, bitte, ich will *nichts* mehr von diesem Ritter Kasimir hören. Und das Meerschweinchen verschwindet morgen. Hast du verstanden?«

Theo sprang auf. »Aber Papa, ich kann dir doch Kasimir zeigen. Er will schon die ganze Zeit, dass ich ihn dir vorstelle!«

Papa starrte ihn an. »Will er das?«

Das Handy begann zu klingeln.

Theo stöhnte. »Ja natürlich! Wie oft noch? Er wartet darauf, dass du ihm erlaubst, in deinem Herzogtum nach dem Schatz zu suchen.

»In meinem *Herzogtum*?«, wiederholte Papa.

»So nennt er eben unsere Burg. Ich meine unser Haus.«

»So?« Papa nahm seine Brille ab.

Theo nickte. »Kasimir, du siehst, die Sache ist geregelt. Der alte Herzog will dich sprechen.«

Nichts geschah.

Nur das Handy hörte wieder auf zu klingeln.

»Kasimir!«

Papa legte den Arm um Theo. »Ist schon gut. Ich hab dich sehr lieb, das weißt du, ja?«

»Kasimir!«, brüllte Theo.

Aber kein Kasimir ließ sich sehen.

»Papa«, fragte in diesem Augenblick Milli, »darf das Meerschweinchen eigentlich Toastbrot essen?«

»Was?« Papa schaute sich um. Rosalinde saß neben dem Toaster auf dem Stuhl und knabberte an den schwarz verkohlten Brotscheiben. »Wer ist eigentlich auf die Idee gekommen, dem armen Tier einen Sattel aufzusetzen? Milli?«

Milli schüttelte den Kopf. »Das gehört so.«

»Theo?« Papa sah ihn streng an.

»Das war Kasimir!«

»Kasimir? Kein Wort mehr von diesem Kasimir! Das ist Tierquälerei!«

Wieder konnte man ein Wimmern aus der Zimmerecke vernehmen.

Papa hielt inne. »Und was, um alles in der Welt, wimmert da, wenn es nicht das Meerschweinchen ist? Und sag nicht wieder, es sei dieser – Kasimir.«

Theo schwieg. Was konnte er dafür, dass die Wahrheit die Wahrheit war!

Papa stand auf und warf einen Blick hinter den Papierkorb, der in der Wohnzimmerecke stand. »Jetzt im Herbst kommen die Mäuse ins Haus. Macht bloß immer die Haustür zu!«

»Papa, darf das Meerschweinchen auch Papier essen?«, fragte Milli. Inzwischen hatte sich Rosalinde über einen Brief hergemacht, der auf dem Tisch liegen geblieben war.

»Nein!« Papa stürzte herbei und Rosalinde sprang quiekend vom Tisch und verschwand im dunklen Flur. »Der ist wichtig!«

Papa hatte nur wichtige Briefe herumliegen. Das haben Architekten wohl so, denn schließlich planen sie Häuser und da ist alles wichtig. Sogar, wo die Steckdosen angebracht werden.

Papa sammelte eilig die Reste seines wichtigen Briefs ein. »Jetzt zieht euch mal schön den Schlafanzug an«, sagte er schließlich erschöpft.

Theo spürte seinen besorgten Blick auf sich ruhen, als er zum Kinderzimmer trottete.

5. Kapitel

»Wisse: Ich habe keine Angst, niemals nicht!« Kasimir klappte seine Taschenuhr unruhig auf und zu. »Ich hatte nur große Sorge. Der alte Herzog hat eindeutig gesagt, er will *nichts* mehr von mir hören! Was blieb mir also? Ein Ritter muss seinem Herrn und Herzog gehorchen!«

Den ganzen Abend hatte Theo auf den kleinen Ritter gewartet, doch Kasimir war nicht zum Vorschein gekommen. Schließlich hatte Theo selbst nicht mehr gewusst, was er denken sollte, und war sich ziemlich lächerlich vorgekommen.

Ein kleiner Ritter auf einem Meerschweinchen!

Kein Wunder, dass Papa ihm nicht glaubte.

Aber was sollte dann aus Mamas Rückeroberung werden?!

Und während Milli in ihrem rosa Bett schon lange tief und fest schlief, war Theo vor allem wütend gewesen. Wütend auf sich und die ganze Welt.

Doch eben hatte ihn ein merkwürdiges Schnarchen geweckt.

Der Ritter hatte seine Rüstung abgelegt und lag friedlich neben seinem Meerschweinchen in der halb zerstörten Legoburg.

Theo hatte doch nicht geträumt!

Zuerst freute er sich. Aber dann merkte er, dass er immer noch ziemlich sauer war.

»Papa glaubt jetzt sicher, ich spinne«, schimpfte Theo, nachdem er Kasimir wach gerüttelt hatte. »Und du wolltest mir doch helfen und ihm Tipps geben, damit Mama zurückkommt.«

»Er hat seinen herrschaftlichen Wunsch und Willen deutlich zum Ausdruck gebracht!« Schlaftrunken schob der kleine Ritter einen roten Legostein zur Seite, der ihm als Kopfkissen gedient hatte. »Er möchte keinen Ritter Kasimir und auch keine Schatzsuche. Er hat andere Sorgen, wichtige Depeschen und Briefe. Deswegen musste ich ja nachts im Geheimen handeln und zuschlagen.« Kasimir gähnte herzhaft.

Theo zuckte zusammen. »Nachts im Geheimen?«

Der kleine Ritter spähte durchs Zimmer. »Welch schöne Fahne weht dort über dem Schwesterbett. Rot, wenn ich mich nicht irre.«

»Das ist keine Fahne, das ist Millis Strumpfhose«, zischte Theo. »Sie hat sie gestern auf die Lampe geschmissen und dort ist sie hängen geblieben.«

Kasimir schaute auf seine Taschenuhr. »Halb vier! Mein vorletzter Tag bricht an, morgen ist schon Sonntag. Gut, dass du mich geweckt hast, ich muss weitermachen, bevor der Herzog aufwacht.«

»Weitermachen?« Theo wurde es heiß und kalt. »Wo warst du in der Nacht?«

»Welch Frage! Suchen! Aufspüren! Graben! Bei Tageslicht ist es ja verboten! Auf meiner Karte ist ein schwarzer Kasten verzeichnet! Ich habe heute Nacht im großen Saal, in dem wir zu speisen und zu grillen pflegen, mehrere schwarze Kästen erspäht! Doch ach – sie waren alle ohne Schatz! Wenn ich nur die Schrift auf der Schatzkarte lesen könnte!«

»Im großen Saal?« Theo schwante Übles. »Du darfst den Schatz nicht einfach so alleine suchen! Es geht doch um Mama! *Du* hilfst *Papa* und *ich* helfe *dir*, dass Papa das Schatzsuchen erlaubt und du ihn findest! Das war doch die Abmachung! Du musst dich nur trauen, dich zu zeigen!«

»Des Herzogs Wille ist mein Wille auch«, erwiderte Kasimir und setzte sich seinen viel zu kleinen Helm auf den Kopf. »Wenn er sagt, er will keinen Ritter sehen, dann bekommt er keinen zu sehen! Bei meiner Ritterehre! Äh – und nun entschuldige mich bitte. Die Zeit ist knapp und die ganze Burg liegt noch im Schlaf! Dies ist meine Stunde!«

Mit diesen Worten stieg er auf sein Meerschwein und galoppierte, um Würde bemüht, durch die angelehnte Kinderzimmertür. Theo hörte ihn noch leise vor sich hin singen:

»Herzeloide mein
Es wird 'ne Freude sein
Wenn du wirst morgen mein …«

Theo sprang auf. »Warte!«

Milli räkelte sich in ihrem Bett. »Theo, bist du das?«

»Ja«, sagte Theo schnell, »ich bin es nur.«

»Ich dachte, Mama«, sagte Milli schlaftrunken.

»Nein«, sagte Theo, »die ist ja … weg. Und ich geh jetzt auch rüber …«

»Heute hat mir ein Traum geantwortet«, murmelte Milli, bevor Theo dem Ritter folgen konnte. »Er saß an meinem Bett und hat mich nach Mäusen gefragt.«

»Der Traum?« Theo hielt inne.

»Er sah aus wie ein Ritter.« Milli richtete sich auf und ließ ihren Blick durchs dämmrige Kinderzimmer wandern. »Ist das Meerschweinchen noch da?«

»Gerade nicht«, sagte Theo und überlegte kurz, ob er Milli über ihren Traum aufklären sollte. Andererseits war sie ja erst vier.

Aus dem Wohnzimmer kam Gepolter.

»Ist Papa schon wach?«, wollte Milli jetzt wissen.

»Ich … schau mal.« Theo öffnete die Kinderzimmertür.

In diesem Augenblick fing im Wohnzimmer das Radio an zu spielen. Ein erstickter Schrei war zu hören.

»Papa ist schon wach«, sagte Milli befriedigt.

Theo sagte nichts mehr, sondern sauste aus dem Kinderzimmer.

»… auch heute wieder trüb und nasskalt …«, sagte die Wetterfrau gerade, als Theo das Wohnzimmer betrat. Im Halbdunkel sah er den kleinen Ritter vor dem kleinen schwarzen Radio stehen. Er drehte seinen beuligen Helm in den Händen und nickte eifrig. »Holde Dame, wie wird es denn morgen?«, hörte Theo ihn fragen.

»Morgen kommt die Sonne durch …«, redete die Ansagerin im Radio weiter.

»O welche Freude, wenn ich meiner Herzeloide den Schatz überreiche, glänzt die Sonne über uns!« Kasimir hielt inne, um weiter zuzuhören.

Theo grinste. Der kleine Ritter unterhielt sich mit dem Radio!

»… und trotzdem sollte man sich warm anziehen«, sagte die Wetterfrau weiter.

»Reicht Rüstung und Helm?«, wollte der Ritter

wissen, doch natürlich antwortete die Ansagerin nicht, sondern sagte jetzt den Verkehr an.

»Werte Dame, reicht Rüstung und Helm?«, fragte der Ritter und klopfte an das Radio. »Herhören, dort drinnen, man fragt und will eine Antwort haben! Ich muss doch meinen Schatz suchen und will keinen Schnupfen bekommen!«

»... auf der Autobahn Richtung Berlin liegt ein schwarzer Kasten auf der linken Spur!«

»Was?« Kasimir zitterte. »Ein schwarzer Kasten? Wo? Links? Holde Fee, sagt mir mehr! Ihr könnt doch in die Zukunft blicken! Keine Antwort? Musik? Wohin ist die holde Dame?« Der kleine Ritter sah sich unglücklich um. Da entdeckte er Theo. »Wie geht's da rein?«, fragte er aufgeregt und deutete aufs Radio.

»Gar nicht«, sagte Theo. »Das ist nur ein Radio. Da ist niemand drin!«

»Glaubst du!«, sagte Kasimir. Er klopfte auf die Seitenwand. »Ich muss mit dieser Fee sprechen. Sie kennt sich mit dem Wetter aus und sie hat irgendwo links einen schwarzen Kasten gesehen! Und eine Spur!«

»Unsinn«, fiel ihm Theo ins Wort, »sie hat vom Autoverkehr auf einer Autobahn gesprochen.«

Kasimir beachtete ihn nicht. »Vielleicht ist die Fee irgendwo auf der Rückseite dieses Zauberkistchens.« Er verschwand hinter dem Radio.

»Theo, mit wem redest du?«, fragte Milli und tippte ihn von hinten an.

Theo fuhr zusammen. »Mit … äh … mit dem Radio.«

Dann stolperte er über irgendetwas.

Und dann, im ersten Morgenrot, sah er, dass Kasimir in der Nacht ganze Arbeit geleistet hatte.

6. Kapitel

»Wir können doch auch hier in der Küche frühstücken«, schlug Theo vor, machte ein unschuldiges Gesicht und schob Papa zur Kaffeemaschine. »Das ist doch viel praktischer!«

»Stimmt eigentlich«, murmelte Papa und blinzelte ihn aus kleinen, roten Augen an. »Hat jemand meine Brille gesehen?«

»N – nein«, sagte Theo und schubste sie mit der linken Hand unter die Zeitung von gestern.

»Wo gehst du hin?«, fragte Papa, als Theo sich aus der Küche schleichen wollte.

»Ich … ich muss noch was erledigen«, stotterte er.

»Nein, du bleibst hier und holst die Teller«, bestimmte Papa, während er verschiedene Schubladen auf- und zuzog. »Wir helfen zusammen, hast du das vergessen?«

»Können wir nicht beim Mittagessen zusammenhelfen?«, fragte Theo. Er dachte an das Chaos, das der kleine Ritter in der Nacht nebenan veranstaltet hatte.

»Wo ist denn der Toaster?«, fragte Papa und schaute in den Kühlschrank.

»Ich … glaube, der steht noch auf dem Tisch im Wohnzimmer«, sagte Theo schnell. »Ich hole ihn.«

Papa nickte erfreut. »Wenn wir das Mama erzählen, dass es in der Küche viel praktischer ist! Dann kann sie mal sehen, dass sie sich selbst das Leben schwer macht!«

Theo sauste ins Wohnzimmer, hob in Windeseile ein paar heruntergefallene Bücher auf, stellte den schwarzen Papierkorb auf, dazu die Kerze, die Mama Papa geschenkt hatte, die Box mit den Stiften und die rote Vase.

»Kasimir?«, flüsterte er, aber der Ritter blieb hinter dem Radio verschwunden.

»Ich will einen Honigtoast«, rief Milli ungeduldig aus der Küche. »Theo!«

Theo seufzte, ließ den Rest liegen, wo er war, zog den Stecker aus der Steckdose und eilte mit dem Toaster zurück in die Küche.

»Hier!« Theo hielt ihn Papa unter die Nase. »Schau nur, wie ich zusammenhelfe!«

Papa runzelte die Stirn und schnüffelte.

»Papa! Schmieren!« Milli zupfte ungeduldig an seinem Hemd. »Aber nicht für mich, sondern für Lotta.«

»Wer ist denn nun schon wieder Lotta?«, fragte Papa unruhig und holte ein Glas Nutella aus dem Kühlschrank. »Doch hoffentlich kein Ritter und kein neues Haustier?«

Milli schüttelte den Kopf. »Meine Puppe. Der Ritter mag lieber Mäuse. Und das hier ist Nutella und kein Honig! Wo soll ich mich denn hinsetzen?«

Papa sah sich unsicher in der Küche um. Kein Stuhl weit und breit.

»Frühstück im Stehen ist viel praktischer«, rief Theo und sah Milli verschwörerisch an. »Da braucht man nichts abzuräumen!«

Papa nickte erleichtert und schnüffelte weiter.

»Ich will mich aber hinsetzen«, rief Milli. »Und meine Puppe auch!«

»Es riecht so komisch hier«, sagte Papa, hob Milli hoch und setzte sie auf die Waschmaschine.

Theo schnupperte. Tatsächlich, es roch irgendwie verbrannt. Er musste an den lila geschuppten Drachen denken.

Papa wollte eben zwei Brotscheiben in den Toaster schieben, als er entsetzt innehielt. »Was … was ist euch denn eingefallen?«

Theo hatte keine Ahnung, was ihm hätte einfallen sollen, und beugte sich vor. Aus dem Toaster hing eine klebrige Masse heraus.

»Das sind doch weiße Mäuse!« Papa betrachtete ungläubig seine Finger. »Wer hat die weißen Mäuse in den Toaster gesteckt? Milli?«

»Ich nicht«, entgegnete Milli empört. »*Alle* weißen Mäuse aus der Packung? Sind etwa keine mehr übrig?«

»Theo!« Papa schaute ihn streng an. »Hast du die Mäuse in den Toaster gesteckt?«

Theo schüttelte den Kopf. »Das war wahrscheinlich … Kasimir. Er war heute Nacht unterwegs!«

»Sind Meerschweinchen nachtaktiv?« Papa fummelte am Toaster herum und zog schließlich ein paar angekokelte Zuckermäuseschwänze heraus.

»Kasimir ist nicht das Meerschweinchen«, erklärte Theo, aber Papa unterbrach ihn. »Bitte, sag nichts. Bitte sag nicht, dass es ein kleiner Ritter war, der den Toaster für ein Lagerfeuer gehalten hat und die weißen Mäuse für einen leckeren Braten. Bitte, Theo.«

Papa sah ihn flehentlich an. »Sag doch einfach, dass dir das passiert ist. Es gibt nämlich keine Ritter, die in Wohnzimmern herumgeistern.«

Theo atmete tief durch. »Papa! Hör doch! Kasimir kennt sich mit Frauen aus – er kann dir helfen. Willst du etwa nicht, dass Mama zurückkommt?!«

»Mama?« Papa seufzte.

»Du hast sie ja noch nicht mal angerufen, Papa!«, rief Theo.

»Anrufen? Aber – ich kann Mama doch nicht einfach anrufen, sie will doch ihre Freiheit«, erwiderte Papa.

Theo schaute auf den zerknautschten Papa mit seinen roten, unbebrillten Augen und einigen verbrannten Mäuseschwänzen in der Hand. Papa hatte es wirklich nicht leicht.

»Es geht doch um die Rückeroberung, verstehst

du denn das nicht?«, sagte Theo leise. »Kasimir könnte dir echt helfen!«

»Heute Nacht hat mich ein Ritter nach Mäusen gefragt«, erklärte Milli in diesem Moment.

»Aber – das war doch nur ein Traum?« Papa sah noch zerknautschter aus. »Fang nicht du auch noch damit an!«

»Ja, es war nur ein Traum«, sagte Milli. »Natürlich. Aber der Traum hatte Fragen.«

»Was, um alles in der Welt, hast du ihm geantwortet?«, wollte Papa wissen, während er versuchte, seine klebrigen Finger an einer Serviette abzuwischen.

»Na, ob er sich auch mit *weißen* Mäuse zufriedengibt.«

Papa stutzte, aber er kam nicht dazu nachzudenken, denn in diesem Moment schrie Milli auf. »Oh, Papa, wir haben das Meerschweinchen vergessen! Das Meerschweinchen mag auch ein Honigbrot, genau wie Lotta.«

Sie deutete auf Rosalinde, die gerade leise fiepend durch die Küche lief und Richtung Wohnzimmer verschwand.

»Es trägt ja immer noch einen Sattel, das geht doch nicht, Kinder!«, sagte Papa. »Und dass dieses

Tier frei in der Wohnung herumläuft, lasse ich auch nicht länger zu!«

Papa erhob sich.

»Äh – es lässt sich nicht fangen«, sagte Theo schnell. »Du brauchst es gar nicht erst zu versuchen!«

»Das werden wir ja sehen«, sagte Papa, packte die Zeitung von gestern und rollte sie zu einer Art Knüppel.

»Wie kommt denn meine Brille hierher?«, wunderte er sich und setzte sie auf. Seine kleinen roten Äuglein sahen durch die Gläser noch kleiner und röter aus.

»Du wolltest doch erst mal frühstücken«, rief Theo verzweifelt. »Milli braucht doch ihr Honigbrot!«

»Das Meerschwein braucht auch was«, sagte Papa grimmig, schob Theo beiseite und marschierte direkt ins Wohnzimmer.

»Nein!« Theo rannte hinterher.

Papa war zu einer Statue erstarrt. »Was, um Himmels Willen, ist denn hier passiert!«

Milli rief aus der Küche. »Was ist? Heb mich doch einer runter!«

»Das Nähkästchen«, sagte Papa anklagend. Alle

Schubladen waren herausgezogen und Nadeln und Garnrollen lagen auf dem Teppich.

»Die Fotokiste«, sagte Papa tonlos. Die Fotokiste schien explodiert zu sein. Die Fotos, die darin von Millis Geburt bis zum vergangenen Sommerurlaub sortiert gewesen waren, lagen wild verstreut auf dem Sofa.

»Und meine Pläne.« Papa deutete auf die Skizzen für das neue Haus, an denen er die letzten Tage gesessen hatte, und die ein starker Wind aus der schwarzen Ablage geweht zu haben schien.

»Hier schaut's aber aus!«, bemerkte Milli, die inzwischen alleine von der Waschmaschine gesprungen war.

»Deswegen sollten wir also in der Küche frühstücken …«

Papa hielt inne.

Theo schaute betreten zu Boden.

»Gerade jetzt brauchen Kinder eine starke Hand«, murmelte Papa und räusperte sich. »Hört mal. Eigentlich wollen wir ja morgen Theos Geburtstag feiern …«

Theo schluckte.

»… aber wenn hier weiterhin alles durcheinandergeht, dann muss der Kindergeburtstag abgeblasen werden.«

»Was?«

Das konnte Papa nicht ernst meinen. Theo hatte drei Freunde eingeladen, Micha, Ludwig und Alva, und er hatte sich sogar getraut, Mara einzuladen, die dieses Schuljahr neu in seiner Klasse war und die er ziemlich nett fand, sogar noch netter als Luzie. Absagen? Das ging nicht!

Doch Papa sah ihm ernst in die Augen. »Ich scheue mich nicht, bei deinen Freunden einzeln anzurufen. Ich habe ein Handy.«

»Ein Diener! Kellner! Kastellan«, wisperte es irgendwo im Raum.

»Aber …« Theo versagte die Stimme. Es war schon schlimm genug, dass sie wahrscheinlich ohne Mama feiern mussten, weil die ihre Freiheit brauchte! Doch ganz absagen …

»Nichts aber.« Papa stand auf. »Du hast es in der Hand.

Ich erwarte, dass wir ab jetzt zusammenhelfen. Keine Streiche mehr. Keine Löcher vor der Haustür, ich habe gestern Nacht sicher noch eine halbe Stunde draußen aufgeräumt, Theo. Kein Gefasel mehr von Rittern. Das Meerschweinchen wird zurückgebracht, wohin immer es gehört. Und hier im Wohnzimmer wird alles aufgeräumt, verstanden?«

Theo stiegen vor Wut Tränen in die Augen.

Es war nicht einmal ein Trost für ihn, dass ihm Milli, die sonst nichts so sehr hasste wie Aufräumen, zuraunte: »Ich helfe dir, keine Angst!«

»Ich habe keine Angst«, zischte Theo zurück, »ich mache mir nur Sorgen.«

»Na dann hätten wir das ja geklärt – igitt, was ist denn hier so nass?« Papa hob angewidert den rechten Fuß. Seine Socke tropfte.

Er stand in einer kleinen Pfütze, die verdächtig nach Meerschweinchenpipi aussah.

Papa holte tief Luft. »Meerschweinchen gehen wohl nicht aufs Klo, was? – Oh, mein Handy klingelt ... Reinhard, äh, nein, die Pläne sind noch nicht fertig, es ist ja auch Samstag ... Nein, ich habe noch keinen Plan B ...« Papa hüpfte auf seinem trockenen Fuß in die Küche.

Immerhin war nicht diese Olga dran.

Es war wirklich vertrackt.

Erst hatte Theo unbedingt gewollt, dass Papa Kasimir kennenlernte, nur hatte Kasimir sich so blöd angestellt und war nie aufgetaucht. Und jetzt musste Theo verhindern, dass er auftauchte und alles durcheinanderbrachte, weil Papa sich so blöd anstellte und beinah Theos Geburtstagsfeier abblasen wollte! Jetzt gab es nur noch eine Möglichkeit. Theo musste dem kleinen Ritter helfen, so schnell es ging den Schatz zu finden, damit er wieder verschwand und keinen Unsinn mehr machen konnte. Sonst war Theos Geburtstagsfest in Gefahr.

Und Mama? Die Rückeroberung? Mist! Theo brauchte auch einen Plan B. Aber bevor Theo weiter nachdenken konnte, stupste Milli ihn an. »Los! Aufräumen! Warum schmeißt du das auch alles runter.«

»Ich nicht«, sagte Theo. »Das ist es ja.«

»Ich war es auch nicht!«, rief Milli empört.

»Das sage ich ja auch gar nicht.«

Milli beugte sich vor. »Du meinst … es war … Kasimir?«

Theo blickte sie an. »Hör zu. Papa will nicht,

dass wir ihn erwähnen, also reden wir auch nicht mehr von ihm. Verstehst du?«

Milli nickte eifrig. »Er war ja nur ein Traum. Und er hat im Traum alles hier durcheinandergebracht.«

»Genau. Aber jetzt – pst! Und Rosalinde will Papa auch nicht mehr sehen. Wir müssen sie irgendwie verschwinden lassen.«

»Ich bau ihr ein Versteck«, schlug Milli vor. »Ich habe doch einen Pferdestall, da kann sie rein.«

»Prima!« Theo warf hastig die Fotos in die Kiste zurück. »Du baust dem Meerschweinchen einen Stall und gibst ihm Futter – und ich kümmere mich um … Plan B.«

7. Kapitel

»Ich gehe raus!« Theo winkte Papa zu, der inzwischen auf der Kommode im Flur saß, das Handy zwischen Ohr und Schulter geklemmt hatte und irgendetwas in seinen Laptop tippte. Papa nickte ohne aufzuschauen.

Theo hatte sich Jacke und Mütze übergezogen, schließlich hatte die Wetterfrau im Radio gesagt, man solle sich warm anziehen.

»Draußen gibt's schwarze Kisten«, zischte er ins Wohnzimmer.

»Schwarze Kisten«, rief er in die Küche und vorsichtshalber auch noch ins Kinderzimmer.

Dann öffnete er die Wohnungstür und spähte ins Treppenhaus.

Keine Merschmeier zu sehen, die Luft war rein.

»Gibt es Neuigkeiten? Spuren? Hinweise?«, hörte er plötzlich den kleinen Ritter neben sich.

Theo grinste. Kasimir hatte angebissen.

»Wie freundlich, dass sich endlich jemand vom Hofe um mich und meine Suche kümmert! Hat es sich der Herzog anders überlegt und wir dürfen nun auch bei Tageslicht suchen?«

»Nein«, sagte Theo rasch, während er die Treppe hinunterlief. »Wir müssen heimlich vorgehen. Und wir dürfen keine Unordnung mehr machen, verstehst du? Sonst findet morgen mein Geburtstag nicht statt!«

Der Ritter hopste ihm hinterher. »Ich mache nie Unordnung. Die Unordnung macht sich von alleine, wenn man erst mal richtig auf Schatzsuche ist.«

Er schnüffelte. »Es riecht verbrannt.«

Theo roch nichts.

»Nicht dass dieses lila geschuppte Biest hier irgendwo lauert«, murmelte Kasimir. »Und wo gibt es jetzt diese schwarzen Kisten?«

»Auf deiner Schatzkarte!« Theo lotste den kleinen Ritter hinter einen Busch am Gartenzaun. »Los, zeig her!«

Der Regen hatte aufgehört, genau wie es die Wetterfrau gesagt hatte, und ein kalter Nebel hatte sich über die Stadt gelegt. Die Wohnblocks auf der anderen Straßenseite sahen aus wie graue Schatten und die Autos fuhren mit Licht, obwohl es Vormittag war. Papa hatte ganze Arbeit geleistet. Die Fußmatte lag wieder an ihrem Ort und der Kies war wieder festgestampft, als hätte nie jemand ein Loch gegraben.

»Alles voller Drachenrauch«, flüsterte der kleine Ritter, als er den Nebel sah. Er spähte zum Gartentor. »Das Tor zum Reich ist zu, sehr gut! Noch besser wäre es allerdings, wir hätten einen Vorrat Drachenkraut. Das schützt vor dem Feueratem!«

»Papa geht vielleicht nachher noch zur Obst-Ulla rüber«, sagte Theo ungeduldig. »Heute ist Samstag, da steht sie immer vorne an der Ecke mit ihrem Stand. Die hat jedes Kraut! Los, die Karte!«

»Obst-Ulla«, wiederholte der kleine Ritter andächtig. »Kenne ich gar nicht.«

»Besser, sie lernt dich auch nicht kennen«, sagte Theo und tippte Kasimir an. »Denk dran: Wir müssen *heimlich* suchen! Jetzt zeig endlich die Schatzkarte, damit wir vorankommen.«

Kasimir nickte folgsam und zückte die Karte, die er unter seiner Rüstung trug.

Theo erkannte etwas, das wie ein Baum aussah.

»Dies ist das Herzogtum«, sagte Kasimir und fuhr mit dem Finger über die Zeichnung. »Hier sind Bäume aufgemalt. Und dort eine schwarze Kiste. Was dieser Spruch sagt, weiß ich nicht. Ich bin nicht buchstabenkundig, aber ich komme auch so durchs Leben!«

»Da vorne sind zwei Bäume«, sagte Theo und zeigte neben das Mülltonnenhäuschen.

Schätze der Natur gab es dort nicht, das wusste er. Aber eine schwarze Kiste hatte er bisher ja noch nicht gesucht.

»Wunderbare Schatzgegend. Wunderbare Bäume. Bestimmt ist hier der Schatz für meinen Schatz!« Der kleine Ritter begann vor Vorfreude lauthals zu singen:

»Reich ich dir einen Schatz,
gibst du mir einen Schmatz
und Hochzeit gibt's ratzfatz.«

»Pst«, machte Theo und sah sich ängstlich um. »Nicht so laut. Nicht dass uns die Merschmeier hört. Oder Papa! Denk an meinen Geburtstag!«

Aber Kasimir wühlte sich summend mit seinem Schwert immer weiter ins Gestrüpp, das unter den Bäumen wucherte.

»Wenn ich dir beim Suchen helfe, musst du dich auch an deinen Teil der Abmachung halten«, rief ihm Theo hinterher.

»Welchen Teil?«, fragte Kasimir abwesend.

»Papa alles über Frauen beizubringen.«

»Der Herzog will nicht mal von ferne von einem Ritter hören, wie soll ich ihm dann helfen, seine Herzdame wiederzubeschaffen?«, brummelte Kasimir und stocherte im matschigen Laub.

»Du könntest ... ja *mir* die Tipps geben«, schlug Theo vor. »Ich versuche sie dann Papa weiterzusagen!«

Das war sein Plan B. Ziemlich gut, fand Theo. Vielleicht sogar besser als Plan A.

Der kleine Ritter stutzte. »Dir?«

Theo nickte.

Kasimir atmete tief durch. »Also gut. Dann werde ich also *dich* in drei hochwichtige ritterliche Regeln einweisen.«

»Super!« Theo grinste. Der Plan funktionierte!

»Höre denn! Erste Regel: Dichte deiner Geliebten Gedichte!«

»Gedichte?«

Kasimir nickte und begann dann laut und klagend:

»Nimm lieber mich als Ottokar,
denn der hat viel zu dünnes Haar.
Auch Pippin hat nen Stich,
nimm lieber mich.
Nimm lieber mich als Hildebrand,
der hat in seinem Hirn nur Sand
und stinkt so fürchterlich,
nimm lieber mich.
Nimm lieber mich als Friederich,
denn Friederich, der liebt dich nicht,
er dichtet immer nur für sich,
nimm lieber mich.«

»Ah!«, machte Theo und musste an Olaf, den Studenten, denken. Dumm war nur, dass er Papa noch nie dichten gehört hatte. Ob er so etwas konnte?

Und auch noch für Mama! »Und weiter?«, fragte er.

»Was weiter?«

»Die nächste Regel!«

»Werter Theo bald Herzog!« Kasimir richtete sich auf. »Für wie dumm hältst du mich? Meinst du, ich werde dir hier alle meine Weisheiten auf einmal vor die Füße werfen? Und dann lässt du mich stehen? Nein, nein, erst suchen wir weiter.«

Theo seufzte. Er brauchte Geduld für Plan B. »Zeig noch mal deine Karte, *ich* kann nämlich lesen!«

Kasimir nickte eifrig und murmelte: »Zeichen. Gekritzel. Gewitzel ...«

Plötzlich hielt er inne und starrte durch die Zweige hindurch zum Zaun.

»Das Ungeheuer glotzt mich an«, hauchte er.

»Was denn für ein Ungeheuer?!«, fragte Theo ungläubig.

Kasimir zitterte so, dass die Rüstung klapperte. »O weh! Das Geschuppte! Siehst du nicht die langen hässlichen lila Fransen?«

»Fransen?!« Theo bückte sich und versuchte, zwischen den Blättern hindurch einen Blick auf den Zaun zu werfen.

Er blickte tatsächlich in zwei Augen.

Sie waren umrahmt von einer lila Mütze.

»Theo, bist du das?«, hörte er eine Stimme. Das war kein Drache, so viel stand fest.

Der kleine Ritter wimmerte leise und suchte Schutz hinter Theos Bein.

Das war Mara! Mara, die seit diesem Schuljahr in den Häuserblocks gegenüber wohnte und in seine Klasse ging. Mara, mit der er seit zwei Wochen sogar manchmal in der Pause Fangen spielte und die überhaupt sehr nett war, und die er wie gesagt sogar zu seinem Geburtstagsfest eingeladen hatte.

»Oh, hallo«, sagte Theo, weil ihm nichts anderes einfiel, und wurde rot.

Hoffentlich hatte Mara sie nicht schon länger belauscht.

»Hast *du* gerade gedichtet?«, fragte Mara.

»Äh …«, Theo überlegte fieberhaft. »Gedichtet?«

»Na mit so einer piepsigen Stimme! So ein Witzgedicht!«

»Äh … Witzgedicht?«

Mara lachte. »Ist was?«

Theo wurde noch röter. »Was soll sein?«

»Und hast *du* gerade gesagt, dass ich ein Ungeheuer bin?!«

»Eher nicht«, murmelte Theo verlegen.

»Eher nicht?« Mara deutete aufs Gartentor. »Darf ich reinkommen?!«

»Rein?« Theo wühlte sich aus dem Gebüsch. Zu dumm! Seit Wochen hatte er sich gewünscht, Mara käme ihn mal besuchen – aber jetzt war es alles andere als günstig!

»Ja, rein«, wiederholte Mara und kicherte. »Du bist lustig heute!«

Gerade als sie die Klinke hinunterdrücken wollte, erscholl ein lauter Schrei. »Loslassen! Zulassen! Ah! Das Ungeheuer!«

Mara ließ die Klinke los, als wäre sie glühend heiß. »Ungeheuer? Theo, das ist jetzt echt gemein!«

Theo holte tief Luft. Anscheinend war der kleine Ritter ausnahmsweise mal nicht zu feige, sich zu zeigen. »Das war Kasimir!«

Der kleine Ritter schoss mit einem Schrei auf

Mara zu und fuchtelte wild mit seinem Schwert. »Ha! Denkst du, du kommst hier rein? Da hast du nicht mit mir gerechnet! Dieses Reich ist bewacht!«

Mara ließ die Klinke los und sagte eine ganze Weile gar nichts mehr. Ungläubig starrte sie auf den kleinen, verbeulten, dicken Ritter, der mit hochrotem Kopf und blitzendem Schwert vor dem Gartentor auf- und abhüpfte. »Ist das ... eine ... eine Aufziehpuppe?«

»Wer will mich ausziehen?«, schrie Kasimir erbost. »Weiche zurück! Kehre um! Marsch ins Drachental!«

»Beruhige dich, das ist nur eine ... Freundin von mir«, sagte Theo und wurde schon wieder rot.

»Darf ich dir meinen ... äh ... Besuch vorstellen?«, wandte er sich zu Mara, die weiter mit offenem Mund auf den kleinen Ritter starrte.

»Ist der ... echt?«

»*Der* ist nicht nur echt, *der* hat auch Ohren und mag es gar nicht, wenn er beglotzt wird wie ein geschecktes Eichhörnchen«, wetterte Kasimir. Aber dann fasste er sich. »Gestatten, Kasimir mein Name, genannt Kasimir mit dem gebrochenen Herzen. Bist du nun ein gefährlicher Drache oder nicht?«

»Äh … nein«, sagte Mara verwirrt. »Cool! Der Ritter ist ja echt!«

»Wenn du kein Drache bist, so hüte dich! Hinter dir muss irgendwo einer lauern, so ein gescheckter«, fuhr Kasimir mit erhobenem Zeigefinger fort.

Mara schaute sich überrascht um. »Darf ich dann vielleicht doch zu euch reinkommen?«

»Ja schon – aber mein Geburtstagsfest ist erst morgen«, sagte Theo.

»Nein!« Der kleine Ritter unterbrach ihn. »Leider *nein*. Das Tor muss geschlossen bleiben.«

Mara schaute vom Ritter zu Theo und wieder zurück. »Cool!«

Und mit einem Satz kletterte sie über das Gartentor.

»Gestatten, Mara.« Sie verbeugte sich vor Kasimir und nahm die Mütze ab. Ihr blonder Pferdeschwanz fiel heraus. »Ob ich den mal streicheln darf?«

»Finger weg!« Kasimir fuchtelte mit grimmiger Miene mit seinem Schwert.

Mara kicherte los. »Der ist echt süß!«

Kasimir warf ihr einen misstrauischen Blick zu. »Der ist recht sauer!«

»Schau nicht so«, grinste Mara und versuchte,

den Ritter in den Bauch zu stupsen, doch er sprang zurück. »Was macht ihr denn bei diesem Nebel im Gebüsch?«

»Wir … suchen einen Schatz«, sagte Theo. »Mit Schatzkarte!«

In diesem Augenblick kam Olaf, der Student, pfeifend aus der Haustür spaziert. »Morgen, Theo! Morgen, Mädchen! *Wer reitet so spät durch Nacht und Wind!* – Ein Gedicht, versteht ihr?«

Zielstrebig ging er aufs Gartentor zu. Kasimir piekste Theo aufgeregt mit seinem Schwert.

»Au … äh … Stopp!«, rief Theo.

Olaf hielt inne. »Ja?«

»Du musst drüberklettern!«

Olaf kratzte sich am Stoppelbart. »Drüber?«

»Heute muss das Tor geschlossen bleiben«, sagte Theo.

»Wegen der Drachen!«, kicherte Mara.

»Natürlich«, sagte Olaf. Mit einem gekonnten Schwung war er drüben und verschwand im Nebel, nicht ohne noch ein Gedichtsbröckchen von sich zu geben. »*Es ist der Vater mit seinem Kind …*«

Mara starrte ihm nach. »Cool.«

»Recht so!« Kasimir zupfte Theo am Bein. »Werter Theo bald Herzog, du wolltest das Gekritzel entziffern, und dies schnell!«

»Gekritzel?« Mara schaute Theo fragend an.

»Kasimir hat eine Schatzkarte! Und er braucht dringend den Schatz für seine Herzeloide!«

Mara bückte sich zum Ritter. »Darf ... ich mitsuchen?! Ich liebe Schätze! Und Gekritzel auch! Und ich hab Zeit bis um zwölf!«

»Kasimir lässt sich nicht von jedem helfen«, wehrte Theo ab. »Er ist recht scheu ...«

Aber der kleine Ritter zückte seine Taschenuhr und klappte sie auf. »Es ist erst halb vier«, meinte er und blickte Mara tief in die Augen. »Bis zwölf Uhr haben wir also noch viel Zeit!«

8. Kapitel

»Ich seh überhaupt nichts«, beschwerte sich Theo, denn Kasimir hielt seine Schatzkarte Mara direkt unter die Nase. Theo merkte, dass er fast ein bisschen beleidigt war. Wieso war Kasimir gleich so zutraulich zu Mara?!

»Verehrte Mara, die du Schätze liebst und Gekritzel«, sagte Kasimir und blickte ihr voller Hoffnung ins Gesicht, »kannst du eine Spur erkennen?«

»Da steht was«, stellte Mara fest. Langsam begann sie, die verschnörkelte Schrift zu entziffern.

Wer Schätze sucht, der wisse,
nur selten liegen sie vergraben.
Suchst unten du, sind oben sie
und meist sind sie nicht gleich zu haben.
So mancher wartet in der Ferne,
drum suche fleißig, emsig, gerne.

»Wer Schätze sucht, der wisse,
nur selten liegen sie vergraben.
Suchst unten du, sind oben sie
und meist sind sie nicht gleich zu haben.«

»Oh, oh, aus Zeichen werden Wörter«, rief der kleine Ritter begeistert und klatschte in die Hände.

Mara las weiter:

»So mancher wartet in der Ferne,
drum suche fleißig, emsig, gerne.«

Sie wechselte einen Blick mit Theo. »Verstehst du das?«

Theo schüttelte den Kopf. »Darf ich vielleicht auch endlich mal sehen?«

»Ein Rätselspruch!« Kasimir wedelte mit der Schatzkarte vor Theos Nase.

In diesem Moment kam Milli mit Papa an der Hand heraus.

»Versteck dich«, zischte Theo erschrocken.

Mara sah ihn überrascht von der Seite an. »Ich?«

»Kasimir natürlich«, wisperte Theo und sah, dass der Ritter zwischen die zwei Gartenzwerge gesprungen und erstarrt war, als wäre er einer von ihnen. »Kein Wort von ihm! Es geht um meinen Geburtstag!«

»Theo! Ich hab dich schon gesucht!«, sagte Papa. Er klang ausnahmsweise ziemlich fröhlich. »Oh, du hast Besuch! Wer bist denn du?«

»Mara«, sagte Mara.

»Wir müssen einkaufen gehen«, rief Milli Theo zu. »Aber ich sag nicht, dass es für morgen ist, für deinen Geburtstag!«

»Pst«, machte Papa, doch es war zu spät.

»Macht nichts«, entschied Milli, »ich habe ja nichts von der Schatzsuche gesagt!«

»Pst«, machte Papa noch lauter und schaute Milli vorwurfsvoll an.

Eine Schatzsuche! Theo atmete auf. Wenn Papa für eine Schatzsuche einkaufen wollte, dann hieß das, dass sein Kindergeburtstag doch stattfinden würde! Zwar ohne Mama, aber immerhin!

»Na«, sagte Papa versöhnlich, »du willst doch ständig Schätze suchen. Da dachte ich, morgen zu deiner Feier wäre eine Schatzsuche eine gute Idee.«

»Schatzsuchen ist doch verboten«, meinte Theo und grinste schief.

Mara sah ihn erstaunt an, aber sie sagte nichts.

Und dass einer der Gartenzwerge, der mit der Rüstung, erbost die Faust ballte, bemerkte keiner.

Jetzt grinste Papa auch. »Morgen ausnahmsweise nicht. Auf jeden Fall müssen wir einkaufen– ohne dich. Äh … du schaffst es, allein hierzubleiben, oder?«

Theo wurde rot. Wieso sollte er das denn nicht schaffen?! Er war fast neun. Und außerdem war er nicht allein.

»Wir haben sowieso zu tun«, murmelte er.

Mara nickte.

»Wir auch!« Milli steuerte auf das Gartentor zu und zog Papa hinter sich her.

»Zulassen!«, tönte es zwischen den Gartenzwergen.

Papa zuckte zusammen.

»Zulassen«, versuchte Theo den kleinen Ritter zu übertönen. »Heute … äh … heute müsst ihr über das Tor klettern!«

»Theo, bitte!« Doch bevor Papa weiterreden konnte, klingelte wieder einmal das Handy. »Oh … Moment, ja? Gabi? Nein, ich weiß noch nicht, wann meine Frau zurückkommt …«

Theo und Milli spitzten die Ohren.

»… ob ich das schaffe? Also hör mal, ich bin doch alt genug …«

»Ist deine Mutter weg?«, flüsterte Mara.

Theo nickte nur.

»Richtig weg?« Mara schaute ihn betroffen an und schwieg.

»… dann bis demnächst.« Papa steckte das Handy weg, drückte die Klinke hinunter – und schob das Gartentor auf.

»Nein!«, schrien Theo und Mara und wahrscheinlich auch Kasimir zwischen den Gartenzwergen, aber weil alle schrien, konnte man das nicht so genau sagen.

Papa ließ die Klinke los, als hätte er sich verbrannt. »Tut mir leid, euer Spiel hab ich jetzt vollkommen vergessen …«

Er verstummte.

Ein tiefes, bedrohliches Knurren war zu hören.

Dann – Stille.

Eine Sekunde lang hatte Theo tatsächlich damit gerechnet, dass ein lila geschupptes Drachenbiest in den Garten stürmen würde.

»Was war das denn?«, flüsterte Papa schließlich. »Habt ihr jetzt auch noch einen Hund eingeschleppt?«

»Papa, weitergehen«, quengelte Milli. »Ich mag keine Hunde!«

Papa nickte verwirrt. Die beiden verschwanden im Nebel.

»Wer ... hat denn da geknurrt?«, fragte Mara leise.

Theo sah sich unsicher um. »Oder ... *was* hat geknurrt?«

»Das Tor ist auf!« Kasimir sprang zwischen den zwei Zwergen hervor, die ungerührt weiter ihre Blume und ihre Gießkanne hielten. »Wenn wir doch Drachenkraut hätten! Drachendrachendrachenkraut!«

»Es gibt keine Drachen«, murmelte Theo.

»Drachenkraut?« Mara sah Theo fragend an.

»So, so, der kleine Thilo«, war plötzlich eine Stimme hinter ihnen zu hören. Die Merschmeier! Die hatte gerade noch gefehlt!

»Nicht blinzeln«, murmelte Theo. »Am besten nicht in die Augen schauen!«

Mara kicherte. »Der kleine Thilo – bist du das?«

Theo kam sich ziemlich doof vor. »Weißt du ...«

Mara kicherte noch mehr.

»Was gibt es da zu kichern«, keifte die Merschmeier und Mara verstummte. »Das Tor steht auf!

Da können ja wer weiß was für Mistviecher reinkommen!«

»Drachen zum Beispiel«, hörte man es wispern. Zum Glück nur sehr leise.

»Mpf!« Die Merschmeier lief an ihnen vorbei, ohne sie noch eines Blickes zu würdigen.

Kaum war sie außer Hörweite, zupfte Kasimir erst Theo, dann Mara am Bein. »Auf, auf! Hier sind wir nicht mehr sicher. Habt ihr nicht die Hexe gehört? Hier kommen die Mistviecher rein!«

Mara sah fragend zu Theo hinüber. »Hexe?«

Theo winkte ab. »Man darf nicht zwinkern, wenn sie einen anschaut. Ansonsten besteht keine Gefahr.«

»Ah!« Mara kicherte. »Dann ist ja gut, ... äh ... Thilo.«

»Das ist nicht witzig! Wohn du mal mit so einer Hexe in einem Haus!«

Mara knuffte ihn in die Seite. »War nicht so gemeint.«

»He!« Kasimir klappte unruhig seine Uhr auf und zu. »Was wird da geturtelt! Ich brauche Drachenkraut! Weswegen ich mich jetzt zu dieser Obst-Ulla durchschlagen muss! Habt ihr den Spruch nicht gehört: *Suche fleißig, emsig, gerne!* Wo geht's lang?«

»Halt! Ich geh mit zur Obst-Ulla!«, rief Theo. Nicht, dass der Ritter wieder etwas anstellte! Theo schaute zu Mara. »Kommst … kommst du auch mit?«

Mara nickte. »Natürlich! Ich habe zwei Euro dabei, das müsste doch reichen! Aber – meinst du wirklich, am Obststand gibt es Drachenkraut?«

Theo seufzte. »Du hast ja gehört, wir brauchen es. Sogar dringend. Also versuchen wir es. Damit wir weitersuchen können. Und damit mir Kasimir den zweiten Tipp geben kann.«

Mara schaute ihn fragend an.

»Ach – nur wegen Mama«, murmelte Theo und dachte an Plan B.

Es war schon halb zwölf, an diesem Tag drei ohne Mama, als sie endlich bei dem leuchtend roten Obststand ankamen.

Kasimir hatte den halben Weg vor sich hin geschimpft, dass er ohne seine Rosalinde hatte losziehen müssen. Doch Versteck ist Versteck, da hatte Theo drauf bestanden.

Theos Gesicht glühte. Erst die ganze Aufregung zu Hause und nun ging er auch noch einfach so neben Mara die Straße entlang, als wären sie schon ewig beste Freunde. Unterwegs hatte er ihr erzählt, wie Kasimir zu ihm gekommen war, und Mara nickte und staunte und sagte manchmal »Wahnsinn« oder »Glaub ich nicht«. Sogar in Plan B hatte er sie eingeweiht.

Als der Obststand in Sichtweite kam, blieb Kasimir plötzlich schaudernd stehen, rümpfte die Nase und sagte: »Ich rieche den Drachen!«

»Das ist nur der Kanal«, widersprach Theo und deutete auf den Gulli, vor dem der kleine Ritter stand.

»Denkst du«, erwiderte der kleine Ritter und stampfte vorsichtig mit einem Fuß auf den Kanaldeckel. »Ich rieche es deutlich, hier ist was faul! Zum Glück scheint das Gitter haltbar zu sein!«

»Keine Angst«, sagte Mara, »da ist noch nie ein Drache rausgekommen!«

»Ich habe keine Angst«, sagte der kleine Ritter würdevoll und richtete sich zu seiner vollen Größe auf. »Niemals nicht! Ich mache mir nur Sorgen.«

Mara kicherte. »Dann ist ja gut!«

Am Stand der Obst-Ulla war eine lange Schlange, wie immer am Samstag. Theo sah, wie Kasimir zwischen einige Blumenkübel schlüpfte und ihnen verschwörerisch zuwinkte.

»Dein kleiner Ritter ist absoluter Wahnsinn!«, sagte Mara. »Wenn du ihn nicht mehr willst, kannst du ihn mir geben.«

»Geht nicht«, erwiderte Theo. »Ich brauche ihn noch. Er muss *mir* helfen, damit ich *Papa* helfen kann, *Mama* zurückzuerobern.«

Die dicke Frau vor ihnen kaufte inzwischen den halben Stand leer, und während sie drei Taschen mit Äpfeln, kleinen Kürbissen, Karotten, Gurken und Roter Bete vollstopfte, schaute Theo unruhig zu den Blumenkübeln. Zwischen einigen Töpfen mit Erikakraut konnte er die kleine graue Gestalt erspähen.

»Hallo, Theo«, hörte er schließlich die Obst-Ulla. »Bist du heute allein unterwegs?«

»Nein«, sagte Mara, »ich begleite ihn!«

»Entschuldigung«, sagte Obst-Ulla und lächelte, dass ihr faltiges Gesicht noch faltiger wurde. »Ich wusste nicht, dass ihr zusammengehört.«

Theo wurde rot und aus den Augenwinkeln meinte er wahrzunehmen, dass auch Maras Nase ein klein wenig gerötet war.

»Was braucht ihr denn?«, fragte Obst-Ulla.

»Wir wollten fragen, ob du …« Theo verstummte.

»Ja?«, fragte Obst-Ulla.

»… Drachenkraut hast«, ergänzte Mara.

»Was bitte?« Obst-Ulla beugte sich über die Kürbisse.

»Drachenkraut«, sagte Mara und Theo nickte. »Genau!«

»Drachenkraut?«, wiederholte Obst-Ulla und legte die Stirn in noch mehr Falten. »Kenn ich nicht. Ob ihr vielleicht etwas falsch verstanden habt? Wer hat euch denn geschickt?«

»Äh … meine Mutter«, sagte Theo schnell.

»Aha. Wie soll das Kraut denn aussehen und wofür nimmt man es her?«, fragte Obst-Ulla.

»Na, es hilft gegen Drachen«, sagte Mara und grinste.

»Pst«, machte Theo.

In diesem Augenblick legten sich zwei kleine Arme von hinten um Theo. »Uaarr! Theo! Wer bin ich?«

»Milli!« Theo fuhr herum.

Milli hüpfte aufgeregt auf und ab. »Wir haben ganz viel Geheimes gekauft!«

Jetzt erschien auch Papa aus dem Nebel. »Nanu, was machst du – was macht ihr denn hier?«

»Wie gut, dass Sie gerade vorbeikommen«, begann Obst-Ulla.

Theo verschluckte sich vor Schreck, aber Obst-Ulla fuhr unbeirrt fort: »Wir haben gerade ein Rätsel zu lösen. Was ist Drachenkraut?«

»Drachenkraut?« Papa warf einen unsicheren Blick auf Obst-Ulla und Theo.

»Ja«, sagte Obst-Ulla, »Ihre Frau hat Drachenkraut bestellt.«

»Meine ... Frau?«, fragte Papa langsam.

»Ist nicht so wichtig«, murmelte Theo und wünschte sich weit weg.

Obst-Ulla fuhr fort: »Wir wissen nur, dass es gegen Drachen hilft! Vielleicht fragen Sie noch einmal Ihre Frau?«

Papas Brille beschlug plötzlich.

»Ist total egal«, rief Theo laut.

In diesem Augenblick geschah mehreres auf einmal. Mit einem Knall fiel einer der Blumenkübel um, gleichzeitig ertönte ein wütender Schrei, der wie »Wirbrauchenaberdrachenkrautohnedrachenkrautkeinschatz« klang. Einige Äpfel, Petersilie-, Schnittlauch- und Dillbündel flogen durcheinander, als würde sich jemand einen Weg durch alle Kräuter und Gemüsekisten bahnen. Obst-Ulla fasste sich ans Herz, Papa fiel die Brille runter, Milli schrie auf und der große schwarze Hund, den der Glatzkopf hinter ihnen an der Leine hielt, riss sich los und sprang mit einem Satz über den umgestürzten Kübel, um bellend hinter einer kleinen Gestalt hinterherzujagen, die ziemlich so aussah wie ein kleiner dicker Ritter.

Theo wurde schlecht. Gegen so einen Riesenhund hatte Kasimir sicher keine Chance!

Der Glatzkopf rief: »Der will nur spielen!«, und pfiff laut auf zwei Fingern, doch der Hund war im Nebel verschwunden. Nur sein wildes Kläffen war zu hören.

»Meine Güte«, stieß Obst-Ulla hervor, »was war denn das für ein Tier, hinter dem der Hund da her ist? Ich glaube, ich werde alt. Das Tier sah aus wie ein kleiner Ritter.«

»Theo, wir gehen«, sagte Papa tonlos, nachdem er seine Brille hinter einer Ananas wiedergefunden und die weinende Milli auf den Arm genommen hatte.

Theo schaute entsetzt zu Mara.

Sie konnten Kasimir doch nicht im Stich lassen.

Mara warf einen Blick auf ihre Armbanduhr. »Oh nein! Schon nach zwölf! Ich muss so was von dringend nach Hause!«

»Mist!« Theo war ganz verzweifelt. Leise fügte er hinzu: »Was wird aus Kasimir? Er kennt sich doch in all diesen Herzogtümern nicht aus!«

»Theo!« Papa klang ungeduldig.

»Der hat doch ein Schwert!« Mara biss sich auf die Lippen. »Ich ... ich könnte ja nach dem Mittagessen wiederkommen ...«

»Gleich!«, rief Theo zu Papa. »Würdest du?«

»Unbedingt!«, nickte Mara. »Wir brauchen doch Drachenkraut. Wir müssen Kasimir vor Hunden retten und seinen Schatz finden.«

Und Mama zurückholen, fügte Theo in Gedanken hinzu.

Dann lächelte er Mara an: »Bis später!«

»Was willst du denn mit den ganzen Gurkenschalen, Milli?«, fragte Papa und wischte sich mit dem Handrücken den Schweiß von der Stirn. »Autsch«, knurrte er und zwinkerte, »jetzt ist mir auch noch Spüli in die Augen gekommen.«

Papa machte den Abwasch vom Mittagessen. Die Spülmaschine weigerte sich weiter, für ihn zu arbeiten, und so musste er eben mit der Hand abwaschen.

Es war schon nach drei und der kleine Ritter war noch immer nicht wieder aufgetaucht.

»Also«, fragte Papa, »was willst du damit?«

Milli schaute unschuldig drein. »Nichts.«

Papa ließ nicht locker. »Du brauchst die Gurkenschalen doch nicht für ... ein Meerschweinchen?«

»Äh ...« Milli stockte.

Doch da klingelte wieder einmal das Handy. Dass es Mama sein könnte, diesen Gedanken hatte Theo schon aufgegeben. Es war auch nicht Mama. »Olga? Wegen der Steckdosen – aha! Hat das nicht Zeit bis Montag?«

Olga! Theo seufzte. Wenn Papa wenigstens schon mal ein Gedicht für Mama dichten würde! Wie wohl die anderen beiden ritterlichen Weisheiten lauteten?

In diesem Moment läutete es an der Tür. Theo schaute auf die Uhr. Halb vier. Klingeln kleine Ritter?

Milli suchte sich noch ein Stück Karotte aus dem Biomüll, winkte Theo zu und sauste ins Kinderzimmer.

»Ich geh schon«, rief Theo und drückte den Türöffner. Draußen sauste jemand die Treppe hoch.

Mara!

»Ich habe Drachenkraut dabei«, rief sie triumphierend, während sie sich die lila Mütze vom Kopf riss und die Winterstiefel mit Schwung in die Ecke pfefferte. Hinter ihr wischte ein grauer Schatten durch die Wohnungstür. »Und Kasimir!«

»Was?« Theo glaubte, nicht richtig gehört zu haben. Der Ritter war mit Mara unterwegs? Ohne ihn?

Mara zog eine Gewürzdose aus der Jackentasche. »Estragon!«

»Estragon?«, wiederholte Theo.

»Das heißt auf Deutsch Drachenkraut, sagt meine Oma. Und die kennt sich aus mit Gewürzen! Dragon heißt Drache, sagt sie! Das muss das Kraut sein, das Kasimir gemeint hat!«

»Ist es! Ist es bestimmt!« Kasimir rieb sich die Nebelfeuchte vom Helm.

Theo wusste nicht, ob er sich freuen oder ärgern sollte. Was hatten die beiden draußen ohne ihn erlebt?

Mara drehte den Deckel ab. »Hier, riech mal.«

Theo schnupperte. »Riecht nicht besonders stark.«

»Nicht schnuppern! Verstreuen! Auf der Stelle

auf die Schwelle!« Der kleine Ritter trippelte unruhig von einem Fuß auf den anderen.

Mara nickte eifrig und ließ etwas Estragon aus der Dose rieseln.

»Sicherheit geht vor!«, sagte Kasimir würdevoll und schnaufte sichtlich erleichtert aus. »Nun brauche ich mein Reittier! Dieser Hund war außerordentlich schwer abzuschütteln, man stelle sich vor: Ich war zu Fuß!«

»Rosalinde ist im Kinderzimmer und bekommt gerade ihr Futter.« Theo zog Mara an Papa vorbei, der den beiden kurz zuwinkte, aber zugleich irgendetwas über Steckdosen ins Telefon rief. Der kleine Ritter huschte ungesehen hinterher.

»Oh wie süß!« Mit einem Schrei stürzte Mara ins Kinderzimmer.

Milli saß in ihrer rosaroten Seite auf ihrem rosa Kuschelkissen, hielt Rosalinde auf ihrem Arm und fütterte sie mit kleinen Karottenstückchen und Gurkenschalen.

Mara streichelte dem Meerschwein über die Schnauze und fuhr dann mit einem Finger über den rosa Sattel. »So eins hätte ich auch gern – und es ist sogar zum Reiten!«

Kasimir drängelte sich nach vorne, zog eine

Bürste aus seiner Rüstung und begann, sein Meerschwein zu striegeln. »Was sagst du, Rosalinde, Zeit, dich ein wenig schön zu machen!«

Rosalinde sagte zwar nichts, aber sie schnupperte erfreut an ihrem Herrchen.

Milli schaute Kasimir mit großen Augen zu. »Der Traum ist wieder da«, hauchte sie.

»Es müsste halt zehnmal so groß sein, damit du drauf reiten könntest«, grummelte Theo Richtung Mara und schloss die Kinderzimmertür. »Übrigens: Papa darf nicht wissen, dass wir Rosalinde noch bei uns haben! Du musst versprechen, nichts zu sagen. Sonst lässt er morgen meinen Geburtstag ausfallen.«

In diesem Moment rief Papa: »Theo? Hallo? Du darfst die nächste Stunde nicht in die Küche kommen, verstanden? Ich muss deinen Geburtstagskuchen backen!«

»Alles klar!«, rief Theo zurück. »Du darfst auch nicht ins Kinderzimmer kommen!«

»Nanu?«, rief Papa von draußen. »Aber ich muss doch Geheimnisse *vor dir* haben, nicht *du vor mir*!«

»Aber bald ist doch Weihnachten!«, antwortete Mara an Theos Stelle.

»Ah so ja«, hörte man Papa murmeln, obwohl

es ja noch über zwei Monate bis Weihnachten waren.

»Ich helfe beim Kuchenbacken«, schrie Milli. »Warte, Papa.«

»Muss das sein?«, schnaufte es vor der Kinderzimmertür, aber Milli sauste Papa schon hinterher.

Theo sah ihr besorgt nach. Würde sie den Mund halten?

»Wo ist eigentlich eure Mama hin?«, fragte Mara und riss ihn aus seinen Gedanken.

»Die ist weg«, sagte Theo. »Mit ihrer Freundin Ragnar.«

»Wo ist weg?«, fragte Mara weiter und kraulte Rosalinde am Hals.

»Weg ist ... irgendwo in Italien«, erwiderte Theo düster. »Genau wissen wir es nicht.«

»Du machst dir sicher zu

viel Sorgen«, meinte Mara. Theo schüttelte den Kopf. »Sie hat gesagt, sie braucht ihre Freiheit. Und Papa traut sich deswegen nicht, sie anzurufen!«

»Was?« Mara starrte ihn an. »Er hat noch nicht mal versucht, mit ihr zu sprechen?«

Theo schüttelte den Kopf und mit einem Seitenblick auf den kleinen Ritter sagte er: »Eigentlich sollte Kasimir mir helfen, ihn dazu zu bringen, aber er hält sich ja nicht an die Abmachung. Und bei Plan B sind wir auch noch nicht weitergekommen.«

»Was soll ich machen?«, verteidigte sich Kasimir und rannte hinter Rosalinde her, die offenbar keine Lust mehr hatte, gestriegelt und gekrault zu werden. »Der Herr Herzog sagt, er will keine Ritter sehen, also bekommt er auch keine zu sehen! Aber werter Theo Bald Herzog, es ist Zeit für eine zweite ritterliche Regel: Du musst deiner Liebsten die gedichteten Gedichte vorsingen!«

»Vorsingen?« Theo kratzte sich am Kopf.

»Aber ja!« Kasimir nickte. »Ich kenne mich da aus, ich habe ein halbes Jahr vor dem Turmzimmer meiner Prinzessin Herzeloide gesungen!« Er blickte seinem Meerschweinchen tief in die Augen und schmetterte aus vollem Hals:

»Dein süßer Mund
so rot und rund,
dein Haar so weich
wie Schilf am Teich,
dein Blick so blau,
mir wird ganz flau!«

Seine Stimme klang wie eine rostige Säge.

»Ah!«, machte Theo schwach. »Und dieses Lied hast du ein halbes Jahr nachts vor ihrem Fenster gesungen?«

»Wo denkst du hin!«, rief Kasimir erbost. »Ich hatte schon einige zur Auswahl.«

Theo wurde unruhig. Singen konnte Papa ungefähr so gut wie der kleine Ritter. Nämlich überhaupt nicht. Wo er doch schon nicht dichten konnte!

Der Ritter sprang auf Rosalinde. »Los jetzt! Der Schatz muss im oberen Flügel der Burg liegen, wenn er hier nicht ist! Das Gelände ist abgesichert, das Kraut vertreibt alle Drachen! Worauf warten wir!«

»Im oberen Flügel?« Theo starrte ihn verständnislos an.

»Denk doch an den Rätselspruch!« Mara grinste.

»*Wer Schätze sucht, der wisse, nur selten liegen sie vergraben. Suchst unten du …*«

»*Sind oben sie*!«, fiel der Ritter triumphierend ein. »Also nichts wie los!«

»Aber …« Theo war es gar nicht wohl bei dem Gedanken, mit dem Ritter die Wohnung noch einmal zu verlassen.

Oben wohnte die Merschmeier. Und mit der gab es immer Ärger.

»Sindobensiesindobensiesindobensie!«, krähte der Ritter und hämmerte gegen die Kinderzimmertür.

»Ja, ja …« Theo schwitzte.

»Was hast du denn?«, fragte Mara erstaunt.

»Äh …« Theo wollte gerade versuchen, alle davon zu überzeugen, dass oben im Haus rein gar nichts und überhaupt kein einziger Schatz versteckt sein konnte – da fiel ihm Olaf ein.

Olaf wohnte zwischen der Merschmeier und ihnen.

Und Olaf ließ sich sicher ablenken.

Und Olaf kannte auch jede Menge Gedichte! Sogar Liebesgedichte!

Mara und Theo konnten Olaf nach Liebesgedichten fragen! Und Kasimir konnte sich in inzwischen in Ruhe nach seinem Schatz umschauen.

Die Gedichte würden sie Papa bringen, dann brauchte er nicht selbst zu dichten. Er müsste sie nur noch Mama vorsingen!

Theo lächelte erleichtert. »In Ordnung. Wir klingeln bei Olaf!«

»*Graf Olaf, Graf Olaf, sei brav, tief schlaf!*«, sang Kasimir. »Wir kommen und finden oben droben meine Schatzkiste!«

»Olaf – das ist der, der heute früh über den Zaun gesprungen ist, oder?«, wollte Mara wissen.

Theo nickte. »Der ist in Ordnung. Komm, gehen wir. Wir fragen ihn nach Liebesgedichten. Und Kasimir sucht inzwischen in seiner Wohnung – *oben* eben.«

Mara begriff. »Plan C, oder?«

»Ja«, sagte Theo entschlossen, »Plan C! Wenn Papa Gedichte braucht und nicht selbst dichten kann, bringen wir sie ihm eben!«

Inzwischen war es Samstag, halb fünf.

11. Kapitel

Klingeln hatte nichts gebracht. Sie mussten mehrmals gegen die Tür hämmern. Olafs Musik war sogar im Treppenhaus laut. Eine heisere Stimme schrie irgendetwas Englisches.

Anscheinend hatte Olaf sie endlich gehört, denn jetzt öffnete er die Tür.

»Ihr?«, überbrüllte er verblüfft die Musik. Die heisere Stimme grölte weiter. »Womit kann ich dienen?«

Mara und Theo wechselten einen Blick.

»Mit Liebesgedichten!«, rief Mara.

Olaf machte noch ein verblüffteres Gesicht. »Wieso? Seid ihr verliebt?«

Theo wurde tiefrot und drehte seinen glühenden Kopf zur Wand. Aus den Augenwinkeln sah er, wie Mara ebenfalls zur Seite schaute, zur anderen.

Olaf grinste und winkte sie herein. »Ich muss den Dylan leiser machen …!«

Puh! Theo machte dem kleinen Ritter ein Zeichen – und wie der Wind ritt der auf seinem Meerschwein durch die offene Tür.

»*Beyond here lies nothin', nothin' but the moon and stars*«, brummelte der Student vor sich hin und winkte die beiden Kinder in die Küche. »Äh – setzt euch doch, ruhig auf die Bücher. Wollt ihr Milch?«

Mara und Theo schüttelten den Kopf. Theo ließ sich vorsichtig auf einem Bücherstapel nieder, der anscheinend als Hocker diente. Er hatte noch nie so ein Durcheinander an Papieren gesehen (außer vielleicht bei Benni, aber der behauptete auch, der Kinderarzt habe ihm bestätigt, er habe eine Aufräumallergie). Im Nebenzimmer schepperte etwas, und das schien nicht von der CD zu kommen. Der Ritter war am Werk.

»Also es ist so«, begann Theo zögerlich. »Wenn jemand jemanden überzeugen wollen würde, also …«

»Ja?« Olaf drehte sich eine Zigarette.

»Es ist eine Hausaufgabe«, fiel Mara ein. »Und weil du … also Sie …«

»Du«, sagte Olaf. »Ich bin ein Du. Logo.«

»Also weil *du* ja studierst, dachten wir …« Mara sah unsicher zu Theo.

»Ja?« Olaf wollte seine Zigarette schon anzünden, da fiel sein Blick auf seine Gäste, und er steckte bedauernd das fertig gedrehte gute Stück hinters Ohr. »Logo. Rauchfreier Nachmittag. Ihr braucht also als Hausaufgabe Liebesgedichte? Knuffig!«

Theo und Mara nickten erleichtert. Das klang doch ziemlich glaubwürdig.

»Berühmte oder selbst gemachte?« Olaf schenkte sich selbst ein Glas Milch ein. Als er das Glas absetzte, hatte er einen Milchbart.

»Äh … beides vielleicht.« Theo war unentschlossen, was Papa besser unterzujubeln wäre.

Olaf lachte. »Wollt ihr mitschreiben? Da ist Papier!« Er deutete auf den Küchentisch.

Theo und Mara nickten. Nebenan rumpelte es gehörig, aber weil die raue Stimme von der CD gerade besonders rau krächzte, schien Olaf auch dieses Mal nichts bemerkt zu haben. Er atmete tief ein. Dann stieß er hervor:

»*O schwöre nicht beim Mond, dem wandelbaren,*
der immerfort in seiner Scheibe wechselt,
damit nicht wandelbar dein Lieben sei!«

»Aber das reimt sich nicht«, wandte Mara ein. Sie notierte trotzdem mit, so gut es ging.

Olaf stutzte. »Das ist von Shakespeare. Berühmt. Capito? Schon mal von Romeo und Julia gehört?«

Mara schüttelte den Kopf und Theo stellte sich vor, wie Papa Mama etwas vom Mond vorsang. Er an Mamas Stelle würde sofort alle nackten italienischen Statuen links liegen lassen und nach Hause kommen. Es war auf jeden Fall nicht schlecht, auch wenn es sich nicht reimte!

»Tja, Kinder, studieren, studieren, dann lernt ihr was! Fünftes Semester!« Olaf grinste. »Gedichte müssen sich mitnichten reimen! Hier hab ich sogar ein selbst gemachtes, was sich überhaupt kein biss-

chen reimt und was ich umwerfend finde. Das könnte was für eure Hausaufgabe sein. Damit eure Lehrerin mal mit moderner Literatur in Kontakt kommt!«

Er zog die Schublade am Küchentisch auf.

Von irgendwoher klang es, als würden Zahnbürsten zusammen mit einem Zahnputzbecher zu Boden fallen, aber Olaf war in seine Unterlagen vertieft. Er begann:

»*Ach*
mach
mich
munter
mir
Beine
du Kleine
du Reine
hör
meine
Reime!«

Er hielt inne und schaute Theo und Mara erwartungsvoll an.

Die beiden wussten nicht, was sie sagen sollten.

»Es ist eher experimentell«, gab Olaf zu, als er ihre leeren Gesichter sah. »Gedichte für Fortgeschrittene.«

»Was heißt experimentell?«, fragte Theo, aber eine Antwort bekam er nicht, denn in diesem Augenblick krachte es im Nebenzimmer, diesmal unüberhörbar laut. Durch die Küchentür flatterten ein paar Zettel.

Olaf sprang auf. »Was ist denn das?«

Theo hatte die schlimmsten Befürchtungen, als er mit Mara hinter Olaf ins Wohnzimmer lief. Aber es war noch schlimmer.

Ein Zimmer war eigentlich nicht mehr zu sehen. Kreuz und quer auf dem Boden lagen Zettel, Papiere, Bücher, Ordner, Hefte, noch mehr Bücher, Fotos und Scherben.

Keine Ahnung, wie Kasimir das geschafft hatte.

Olaf raufte sich die Haare. »Mein Regal! Wie konnte denn das passieren? Ich hatte es aus Brettern und Ziegelsteinen selbst gebaut – und es hat immer gehalten. Fünf Semester lang!«

Dann sprang er auf den Hocker, der neben seinem Schreibtisch stand. »Und was, um alles in der Welt, ist das?«

Theo hielt den Atem an und folgte seinem Blick.

Unter einem halb aufgeschlagenen Buch lugte Rosalinde hervor. Erst schnupperte sie. Dann biss sie in den Buchdeckel.

»Eine Ratte!«, rief Olaf. »Sollte diese Ratte mein Regal angenagt haben?«

»Das ist keine Ratte, sondern ein Meerschweinchen«, verteidigte Mara Rosalinde.

Olaf starrte sie an. »Von euch? Ihr habt diese Meerratte mitgebracht? Ha! Und sie hat mein Regal zum Einsturz gebracht!«

Er holte tief Luft, dann griff er sich hinters Ohr, steckte die Zigarette in den Mund und zündete sie doch an.

Theo wünschte sich weit weg. Irgendwohin, wo Mama war und ihm Pfannkuchen machte und kein Ritter und kein Meerschweinchen weit und breit.

»Also«, paffte Olaf, »vielleicht hatte ich es vergessen zu sagen, aber dies ist eine tierfreie Wohnung. Tja. Ähäm. Ich hoffe, ich konnte euch behilflich sein. – Das nennt man übrigens indirektes Sprechen. Lernt man im ersten Semester.«

»Wir sollen gehen«, krächzte Theo.

Olaf kramte einen Aschenbecher aus dem Chaos. »Genau.«

Theo und Mara nickten und Mara zog Rosalinde unter einem Buch hervor.

Olaf rieb sich die Augen. »Die Ratte hat einen Sattel.«

»Das täuscht«, erwiderte Mara und nahm Rosalinde auf den Arm.

Olaf zog heftig an seiner Zigarette. »Wahrscheinlich. Die ganze Welt ist Täuschung. Nun macht mal einen Abflug. Ich muss dringend aufräumen!«

»Tut uns echt leid«, murmelte Theo noch, während Mara sich ihren Notizzettel vom Küchentisch schnappte.

»Schon okay«, seufzte Olaf missmutig. »Ich würde auch gern den Abflug machen. *Wenn ich ein Vöglein wär*«, begann er plötzlich theatralisch zu trällern, *»und auch zwei Flüglein hätt, flög ich zu dir, weils aber nicht kann sein, bleib ich allhier.«*

Mara kritzelte vorsichtshalber auch diesen Spruch auf.

»Also dann … dann gehen wir mal … alle!«, rief Theo laut und beschwörend in den verwüsteten Raum hinein. »Allealle!«

»Nur ich bleib allhier!«, seufzte Olaf resigniert, fischte sich einen Zettel aus dem Chaos, schaute trübsinnig drauf und ließ ihn wieder zurücksegeln.

Es hatte gerade fünf Uhr geschlagen, ein düsterer Oktoberhimmel wölbte sich über die Stadt und der Samstag neigte sich dem Ende entgegen.

»Du darfst nicht so eine Unordnung veranstalten«, flehte Theo, als sie wieder im Treppenhaus standen. »Du bringst uns sonst nichts als Ärger! Es geht um meine Geburtstagsfeier!«

»Pah! Ich brächte Ärger? Der *Schatz* bringt nichts als Ärger! Was kann denn *ich* dafür?« Kasimir kletterte auf sein Meerschweinchen. »Dieses

Oben war nicht oben genug! Wir müssen weiter hoch!«

Theo erschrak. »Weiter hoch?«

»Was hilft es!«, rief Kasimir. »Es geht um meine Herzeloide! Was wartet ihr dort wie versteinert? Hat euch der böse Blick schon getroffen? In den Hexenturm, Gefährten!«

Und nach einem Klapps begann Rosalinde noch eine Treppe weiter nach oben zu hopsen.

Bis unters Dach.

Bis vor Frau Merschmeiers Tür.

»Aber es ist unmöglich, bei der Hexe zu suchen!«, rief Theo, aus Versehen sogar ziemlich laut. »Und sie lässt sich bestimmt nicht ablenken!«

»Aber – denk an den Spruch«, meinte Mara.

»Ja und?«, erwiderte Theo genervt. »Was nicht geht, geht nicht!«

»Wo bleibet ihr? Ich brauch den Schatz bis morgen Nachmittag um vier!«, rief es von oben.

»Und ich brauch meine Mama auch bis morgen Nachmittag um vier«, schrie Theo zurück. »Ich muss jetzt Papa die Gedichte vortragen, die wir gesammelt haben! Und dann soll er Mama endlich anrufen und sie ihr vorsingen! Ich hab jetzt keine Zeit!«

»Fußvolk! Herbei!«, dröhnte es unbeirrt zurück. Theo stöhnte. Kapierte Kasimir denn gar nichts?

Doch bevor das Fußvolk herbeikommen oder nachdenken konnte, hörte es, wie ein Stockwerk über ihnen die Tür aufgerissen wurde. »Thilo? Was soll denn dieser Lärm im Treppenhaus?«

»Mist!« Theo duckte sich automatisch, auch wenn er dreimal nicht Thilo hieß und die Merschmeier ihn gar nicht sehen konnte.

Doch sie hatte offenbar jemand anderen entdeckt: Kasimir!

Die Kinder hörten sie kreischen: »Was war das für ein Tier? Irgendwas ist bei mir in die Wohnung geschlüpft! Thilo, hast du etwa die Haustür unten offen gelassen?! Habe ich nicht gesagt, die Mäuse kommen ins Haus! Und anscheinend nicht nur die!«

»Los, wir dürfen Kasimir nicht im Stich lassen«, zischte Mara und zog Theo hinter sich her die Treppe nach oben.

Theo bewunderte sie insgeheim und ärgerte sich zugleich: Ihr schien Kasimir wichtiger zu sein als er!

»Hol dein Ungeziefer hier raus«, hörten sie die Merschmeier.

Vorsichtig spähten die beiden Kinder durch die offene Wohnungstür. Die Merschmeier fegte besenschwingend durch die Zimmer.

Mara stieß Theo an. »Ich weiß, nicht in die Augen schauen! Nicht zwinkern!«

»Du schon wieder«, keifte die Merschmeier aus ihrer Küche, als sie Mara mit Theo im Schlepptau erblickte. »Dich habe ich doch heute früh schon im Garten gesehen!«

»Äh … ich besuche Theo«, sagte Mara schwach.

»Was machst du denn dann bitte schön im Treppenhaus? Ich weiß nicht, ob fremde Kinder dort überhaupt erlaubt sind! Ich spreche mit der Hausverwaltung …«

Die Merschmeier hielt inne und hob drohend den Besen. »Moment! Stehen bleiben! Ihr seid doch nicht ganz sauber!«

»Aber …« Mara war sprachlos. »Wir sollten doch … das Ungeziefer rausholen?«

Die Merschmeier blitzte sie wütend an, doch Mara mied ihren Blick, sicher ist sicher.

Aus dem nächsten Raum war Gepolter zu hören. Die Merschmeier fuhr herum, wobei sie mit dem Besen gegen die Küchenlampe stieß.

Es regnete Scherben.

»Ha!« Wütend starrte die Merschmeier auf die Bescherung. »Alles eure Schuld! Na wartet!«

Da hörten sie eine wohlbekannte Stimme. Leise. Und drohend.

»Hexe! Lass dir sagen! Dies ist mein Fußvolk! Lass es in Frieden!«

Entsetzt sah Theo, dass der kleine Ritter Kasimir kurz im Türrahmen auftauchte, die Augen fest geschlossen, das Gesicht zu einer furchterregenden Fratze verzogen und wild mit dem Schwert fuchtelnd.

Doch bevor die Merschmeier genau hinschauen konnte, war er auch schon wieder verschwunden.

»Hexe?« Die Merschmeier sah plötzlich blass aus. »Was ist das für ein Streich, den ihr mir spielt?«

»Wir ... gehen jetzt besser«, murmelte Theo.

»Mein grauer Star! Ich sehe Gespenster! Ich höre Stimmen!« Die Merschmeier rappelte sich auf. »Das ist übel! Ich spreche mit deinem Vater!«

Theo erstarrte. Machtlos sah er der Merschmeier hinterher, die sich schnaubend mit dem Besen den Weg bahnte und sich an ihnen vorbeidrängte.

Mara nahm Theo an der Hand, aber er merkte es kaum.

»Herr Herzig?«

Die Merschmeier machte sich keine Mühe zu klingeln. Sie brüllte einfach los.

»Herr Herzig! Sind Sie taub?«

Papa öffnete verblüfft die Wohnungstür. In seinen Haaren klebte etwas Teig. »Frau Merschmeier?«

»Herr Herzig! Das Kind ... hat Besuch! Und spielt!« Empört stemmte die Merschmeier ihre Hände in die Hüften.

Papa warf Mara und Theo einen Blick zu. »Mein Kind spielt?«

Die Merschmeier nickte und richtete den Besenstiel drohend auf Papa. »Es spielt mir Streiche! Meine Lampe ist kaputt! Man nennt mich Hexe!«

Papa sah fragend von einem zum anderen und dann auf den Besenstiel.

»Hexe«, sagte er schließlich nachdenklich.

Frau Merschmeier war seinem Blick gefolgt und stellte schnell den Besen an die Wand. »Jawohl, Hexe!«

Papa wischte sich noch mehr Teig in die Haare und seine Mundwinkel zuckten.

»Gut, dass ich Sie sehe, Frau Merschmeier«, sagte er dann, als wäre nichts, »morgen machen wir hier im Haus eine Schatzsuche. Nur dass Sie Bescheid wissen ...«

Jetzt blieb der Merschmeier die Spucke weg. Wutschnaubend schaute sie von einem zum andern, aber alle wichen ihrem Blick aus, sogar Papa.

»Sie, Sie ...« Die Merschmeier rang nach Worten. Schließlich wandte sie sich um, nahm den Besen und stolzierte in ihre Wohnung zurück.

Mit einem lauten Knall fiel die Tür ins Schloss.

»Vielleicht ist sie wirklich eine Hexe«, sagte Papa mit vollem Mund. Sie saßen beim Abendbrot, es war Viertel nach sieben. Die ganze Wohnung roch nach verbranntem Kuchen, aber Papa hatte noch einen zweiten Versuch gemacht.

»Man darf sie trotzdem nicht so nennen, kapiert?«, fuhr Papa fort und schaute streng drein.

Theo schwieg. *Er* hatte sie schließlich nicht Hexe genannt! *Er* hatte überhaupt nicht dort hinaufgewollt! Und überhaupt hatte er die Nase voll von

Kasimirs Schatzsuche. Alles endete im Chaos. Und seit Mara nach Hause gegangen war, fühlte er sich ziemlich allein.

»Warum spielt ihr überhaupt dort oben?«, fragte Papa weiter. »Das ist doch logisch, dass es dann Ärger gibt!«

»Wir ... haben Gedichte gesammelt«, sagte Theo leise.

»Bei der Hexe?«, fragte Papa erstaunt.

»Man darf sie nicht so nennen«, warf Milli ein.

»Nein, bei Olaf«, erwiderte Theo. »Gedichte für dich. Denn *du* kannst ja nicht dichten.«

»Stimmt«, sagte Papa. »Aber ich habe einen Kalender, da stehen tolle Sprüche drin. Ich brauche eigentlich gar keine Gedichte.«

Theo holte tief Luft. »Doch! Liebesgedichte!«

»Liebesgedichte?« Papa sah ihn verständnislos an.

»Für Mama! Du ... musst ihr Liebesgedichte dichten. Und sie ihr vorsingen!«

»Theo ... Mama ist ... sie ist ... nur in Italien ...« Papa seufzte.

»Da gibt's Pizza«, sagte Milli. »Sie hat wenigstens Pizza.«

»Hast du ihr denn schon mal was vorgesungen? Nachts vor dem Fenster?« Theo ließ nicht locker.

»Vor dem Fenster?«

»Naja, *dein Haar so weich wie Schilf am Teich* oder so was!«

»Ihr Haar ist nicht weich«, sagte Papa unruhig.

Theo zückte Maras Zettel. »*O schwöre nicht beim Mond, dem wandelbaren, der immerfort die Scheibe wechselt, damit nicht wandelbar dein Lieben sei!*«

Papa starrte ihn an. »Das reimt sich aber nicht. Soll das ein Gedicht sein?«

»Es ist von Shakespeare und der ist ein großer Dichter!«, verteidigte sich Theo.

»Und schon lange tot«, meinte Papa.

»*AchmachmichmuntermirBeineduKleineduReinehörmeineReime!*«, zitierte Theo weiter.

»Auch von Shakespeare?«, fragte Papa angestrengt kauend.

»Von Olaf. Es ist, äh, eher *experimentell*!« Theo sah ihn bittend an. »Das musst du Mama vortragen! Nein, vorsingen! Heute noch! Dann … kommt sie … vielleicht morgen schon zurück.«

»Theo, bitte, das ist doch alles Blödsinn! Mama

wird ... sich schon wieder beruhigen! Und ich ... ich mach mich doch lächerlich, wenn ich ihr jetzt nachtelefoniere! Und *achmachmichmunter* sage!«

»*Wenn ich ein Vöglein wär...?*«, schlug Theo noch schnell vor.

»Auch kein Vöglein! Was soll sie denn denken?«, rief Papa.

Theo ließ enttäuscht das Blatt mit den Gedichten sinken. »Aber –«

»Kein Aber!« Papa legte das Messer zur Seite. »So und nun ab ins Kinderzimmer und Schlafanzug anziehen. Ich hab noch viel Geheimes zu erledigen!«

»Ich helfe dir!«, sagte Milli.

»Nein«, sagte Papa, aber als er Millis trotziges Gesicht sah, sagte er: »Naja«, und als sich Milli kurz auf den Boden warf, sagte er schließlich: »Na gut, ein bisschen« – und so trottete Theo allein ins Kinderzimmer. Plan B und Plan C waren gescheitert. Papa ließ sich nicht von ihm belehren. Er würde Mama nichts vorsingen. Und Gedichte interessierten ihn überhaupt kein bisschen.

Kasimir erwartete Theo schon in der immer noch halb zerstörten Legoburg. »Endlich! Endlich! Es ist schon Abend, ist dir das aufgefallen? Wir müssen weitersuchen! *Drum suche fleißig, emsig, gerne*. Steht in meiner Schatzkarte!«

Theo warf sich aufs Bett, unter dem ein erschrockenes Meerschweinchen hervorschoss. »Diese dumme Schatzsuche bringt mir nichts als Ärger!«

»Man nenne meine Schatzsuche nicht dumm, wenn's beliebt«, entgegnete Kasimir würdevoll. »Und man erschrecke nicht mein Reittier!«

»Dumm! Dumm! Dumm!« Theo war plötzlich wirklich wütend. »Ich nenne sie so oft dumm, wie ich will! Die Merschmeier war auf hundertachtzig.«

»Wieso hundertachtzig?«, fragte Kasimir.

»Ach, das sagt man so.« Theo atmete tief durch. »Es war total knapp! Papa meint, *ich* mach den ganzen Blödsinn, verstehst du? – Was hüpfst du denn so auf und ab?«

Kasimir rückte sich seinen Helm zurecht. »Sind die Schätze nicht im Hexenturm, so müssen wir noch weiter hoch. In die Turmspitze! Den Dachboden! *Suchst unten du, sind oben sie*. So steht es geschrieben! In meiner Karte!«

»Ich suche nicht mehr weiter«, sagte Theo. »Und wir haben auch keine Turmspitze! Und bevor du nicht deinen Teil der Abmachung erfüllst, mache ich nicht mehr mit.«

Kasimir schaute ihn überrascht an. »Wieso aber denn? Ich gab dir schon zwei Unterrichtsstunden! Und ich gebe dir gern auch noch die dritte: *Suche deinem Schatz einen Schatz*!«

»Das nützt mir alles nichts! Auf *mich* hört Papa nicht.« Theo starrte trübsinnig vor sich hin.

»Man hat schlechte Laune«, stellte Kasimir fest und setzte sich in den Sattel. »Ach und Weh! Ich vergeh! Muss ich eben selbst zur Turmspitze finden! Man öffne mir die Tür!«

»Ich öffne keine Tür!«, sagte Theo.

»IchmussaberweitersuchenesistschonfastSonntag!«, krähte Kasimir. Es klang fast weinerlich.

»Erst musst du deinen Teil der Abmachung einlösen.« Theo blieb hart. »*Du* musst Papa *alles* über Liebesdinge erklären, wie du es versprochen hast! Auf dich hört er sicher. Du bist kein Kind!«

Der kleine Ritter schüttelte den Kopf. »Er will nichts von einem Kasimir hören, das hat er selbst gesagt.«

Theo schüttelte sich. So viel Sturheit auf einmal. »Dann verkleide dich meinetwegen als Astronaut oder nenne dich Otto, das ist mir ehrlich gesagt egal! Hauptsache, du hältst dich an die Abmachung!«

»Otto?«

»Oder Fritz! Oder Shakespeare! Egal!«

Kasimir kratzte sich am Kettenhemd. »Sonst machst du nicht mehr mit ...?«

Theo nickte, dann fiel ihm noch etwas ein: »Aber *wenn* du endlich deinen Teil erfüllst, dann kommt morgen ein ganzer Suchtrupp – hörst du? Vier Leute kommen nur zum Schatzsuchen!«

Das stimmte zwar nicht ganz, sie kamen auch zum Kuchenessen. Aber das musste man ja Kasimir nicht auf die Nase binden.

14. Kapitel

Mitten in der Nacht wachte Theo auf.

Da waren Stimmen.

Er lauschte. Dann sah er auf die Uhr. Halb eins. Also eigentlich schon Sonntag, Tag vier ohne Mama. Eigentlich war er nicht mehr fast neun. Eigentlich hatte er schon Geburtstag.

Theo stand auf, um aufs Klo zu gehen. Der Fernseher lief noch. Im matten Lichtschein, der vom Wohnzimmer herüberschimmerte, erkannte Theo die Umrisse von einigen Luftballons. Schnell schaute er weg. Er wollte sich ja die Überraschung nicht verderben.

Neben dem Klo fand er einen großen Zettel. *Hatten die Ritter schon Wasserspülung*?, hatte Papa draufgeschrieben. Darunter stand *Ja*, *Nein* und *Nur die reichen*.

Das musste ein Teil der Schatzsuche sein. Theo spürte ein aufgeregtes Kribbeln im Bauch.

Gerade wollte er wieder zurück ins Bett, da hörte er Papas Stimme. Mit wem unterhielt er sich?

Doch nicht mit dieser Olga? Oder mit Gabi?

Etwa mit Mama?

Theo spitzte die Ohren. Eine Stimme johlte: »Schatz reimt sich auf – na?«

»Platz«, antwortete Papa.

Nein, Mama war es auch nicht, mit dem Papa da redete – das war Kasimir!

Theo schlich auf Zehenspitzen bis zur Wohnzimmertür.

Halb auf dem Sofa, halb auf dem Boden hatte sich Papa ausgestreckt. Neben ihm standen zwei leere Weinflaschen. Daneben hatte Kasimir es sich gemütlich gemacht, baumelte mit den Beinen und streichelte Rosalinde. Ab und an warf er einen besorgten Blick auf den Fernseher, in dem sich zwei

Männer mit Anzug und Krawatte ziemlich heftig beschimpften.

»*Schatz, mach Platz*«, dichtete Papa gerade. »So in der Art?«

Unglaublich! Kasimir unterrichtete Papa! Er hielt sich an die Abmachung! Endlich!

»Ei nun«, sagte Kasimir mit wichtiger Miene. »Besser wäre es, Ihr würdet etwas über ihre Schönheit dichten. Welche Haarfarbe hat die Herzogin?«

»Äh …« Papa zögerte. »Vera? Blond natürlich.«

»Wie wäre es dann damit«, sagte Kasimir und stimmte ein Lied an.

»Vera!
Dein gelbes Haar!
Es fehlt mir ach so furchterbar!
Genauso auch dein roter Mund!
Spricht er zur mir, bin ich gesund!«

»Meinst du wirklich, Otto?!«, fragte Papa zögerlich. »Dein *gelbes* Haar?«

Otto!

Theo grinste.

Kasimir hatte sich wirklich unter falschem Namen vorgestellt!

Otto-Kasimir duckte sich, weil im Fernseher gerade ein Auto explodierte. Theo sah, dass der Ritter ein paar kleine Krümel Richtung Bildschirm schleuderte. Estragon. Drachenkraut.

»Doch, doch«, sagte Kasimir, »besser geht es kaum! Das müsst Ihr allerdings laut singen, und zwar vor dem Fenster der Herzogin! Dichten und Singen, das ist das Geheimnis!«

»Ich habe leider keine Ahnung, aus welchem Fenster sie gerade schaut«, sagte Papa, nahm einen tiefen Schluck aus einer dritten Weinflasche und machte ein trauriges Gesicht. Leise murmelte er:

»Die Frau, sie ist ein holdes Übel!
Ein süßes, aber schweres Joch!
Sie kommt mir vor wie eine Zwiebel!
Man weint dabei – und frisst sie doch!«

»Nicht schlecht!« Kasimir schnalzte anerkennend, während er seine Taschenuhr aus der Rüstung kramte. »Selbst gedichtet?«

»Nein«, sagte Papa kleinlaut, »das hab ich von einem Balenderklatt … äh, Kalenderblatt. Prost, Otto! Du meinst also, ich muss wirklich dichten?«

»Anders geht es nicht«, sagte Kasimir streng und

klappte seine Uhr auf. »Oh Schreck, schon halb vier! – Wenn Ihr nicht über Ihre Schönheit dichten wollt, dann gebt ihr doch ein Versprechen! Was kann sie denn an Euch überhaupt nicht leiden?«

»Äh ... an mir? Keine Ahnung, nicht die allergeringste Ahnung, was man an mir überhaupt nicht leiden kann«, lallte Papa und nahm noch einen Schluck Wein. Er war doch nicht betrunken? »Höchstens hein Mandy.«

»Wer ist Hein Mandy?«, fragte Kasimir interessiert. Im Fernsehen ritt gerade ein Pferd vorbei.

»Äh ... mein Handy«, verbesserte sich Papa und deutete darauf. »Ja! Das kann sie nicht leiden! Dass ich immer telefoniere, wenn sie mit mir redet! Das mag sie nicht! Überhaupt nicht!«

»Wäre eine Möglichkeit.« Kasimir stupste vorsichtig das Handy an. »Meine Herzeloide verabscheut es, wenn ich kämpfe, während sie mit mir redet! Es scheppert ihr zu laut!«

»Scheppert ihr zu laut«, flüsterte Papa. »Ja, das kann sein. Dass es ihr zu laut scheppert.«

Er hielt inne. »Du meinst, so ist es mit Frauen? Du meinst, ich sollte nicht mehr telefonieren, wenn sie mit mir spricht?«

Er sollte auch besser nicht mehr telefonieren, wenn er mit Kindern spricht, dachte Theo.

Kasimir nickte. »Fasst das in ein Gedicht! Ich verzichte beispielsweise auf Schwert und Lanze und auch Helm, wenn ich küsse! Ach, Herzeloide! Wenn ich bis morgen den Schatz nicht finde, bin ich verloren!«

»Morgen findest du ihn sicher«, murmelte Papa. »Da kommt ja eine ganze Horde Helfer! Extra für die Schatzsuche!«

»Ah ja?« Kasimir horchte auf. »Das ist allgemein bekannt? Dass der Schatztrupp für mich kommt?«

»Na ja.« Papa räkelte sich auf dem Sofa und betrachtete sein Handy. »Mehr so für Theo.«

Theo hielt den Atem an. Aber Kasimir schien sich keine Gedanken zu machen, denn er murmelte vor sich hin: »So ist es recht! Abmachung gegen Abmachung!«

»Otto! Otto! Ich hab's!« Papa richtete sich plötzlich auf. Theo machte erschrocken einen Schritt zurück.

»Wenn ich auch nicht weiß«, fuhr Papa fort, »aus welchem Fenster sie gerade schaut, kann ich ihr trotzdem das Gedicht vorsingen!«

Er murmelte prüfend ein paar Sätze und zückte sein Handy.

Kasimir nickte ihm aufmunternd zu. »Nur Mut! Frisch auf!«

Theo musste sich zwingen, ruhig zu bleiben. Endlich begriff Papa, was er zu tun hatte! Dumm nur, dass er betrunken war!

»So könnte es gehen«, summte Papa schließlich, tippte auf dem Handy herum, lauschte hinein und holte tief Luft. »Viebe Lera! Äh – liebe Vera! Ich bin es! Ja, ich! Auch wenn das nur … die Mailbox ist, jetzt singe ich, Achtung!«

Und dann sang er wirklich. Papa sang auf Mamas Mailbox!

»Komm zu mir!
Ich liebe dir!
Hom kieder wer – äh komm wieder her –,
geh niemals mehr!
Lass mich dein Ritter sein!
Du mist hein Berzelein! – ach was:
Du bist mein Herzelein.
Komm und ich mach dich froh,
ich werf mein Handy auch für dich ins Klo!«

Theo hatte noch nie jemanden so schlecht singen hören (außer vielleicht seine Oma, die fiepte immer nur so vor sich hin, wenn sie ihm ein Gutenachtlied vorsang). Er biss sich auf die Lippen. Was sollte Mama denken?

»Bravo!«, klatschte der Ritter. Offensichtlich hatte er einen anderen Geschmack als Theo. »Das Lied muss ich mir merken! Zum Steinerweichen!«

»Jawohl«, lallte Papa, als er aufgelegt hatte. »Zum Weinersteichen! Danke, Otto!«

»So weiter«, sagte Otto-Kasimir gönnerhaft. »Ich habe es ein halbes Jahr auf diese Weise probiert. Und wenn es trotzdem nicht hilft, dann musst du ihr einen Schatz suchen! So wie ich! Ha, Hurra – morgen kommt ein Suchtrupp!«

Tausend Gedanken schossen Theo durch den Kopf. Besonders gut kamen ihm Kasimirs Tipps gar nicht mehr vor. Und außerdem: Der kleine Ritter hatte ja bei seiner Herzeloide überhaupt keinen Erfolg mit seinem Gesinge gehabt! Obendrein war Papas Lied irgendwie auch nicht so, wie Theo es sich vorgestellt hatte. Ach! Ihm schwirrte der Kopf, als er zurück ins Bett huschte und sich die Decke über den Kopf zog.

15. Kapitel

»Happy Birthday, Theo!«, sagte Papa.
Auf dem Wohnzimmertisch stand ein Geburtstagskuchen, wie an jedem Geburtstag. Der Geburtstagskranz stand daneben, wie immer. Neun Kerzen steckten darauf. So wie es sich gehörte, höchstens vielleicht ein bisschen schiefer.

Es war der vierte Tag ohne Mama, Sonntag um halb elf, und draußen schien die Sonne, wie es die Wetterfrau angesagt hatte.

Kasimir schnarchte noch im Kinderzimmer in

der Legoburg und Theo hatte ihn schlafen lassen. Der Ritter hatte schließlich in der Nacht ganze Arbeit geleistet. Und der Suchtrupp – seine Geburtstagsgäste – kam erst in einer Stunde. Wenn sie bis dahin in Ruhe und ohne Ritter Geburtstag feiern konnten, war das ja auch nicht schlecht.

»*Happy birthday to you*«, sang Milli lauthals, »*Marmelade im Schuh! Aprikose in der Hose und auch Ketchup dazu!* Theo hat Geburtstag!«

»Alles Gute!«, sagte Papa und nahm Theo in den Arm. »Mein Großer!«

»Wein doch nicht«, sagte Papa dann noch und schniefte auch ein bisschen. »Mama ruft sicher an, Theo.«

Theo nickte und versuchte, tapfer zu sein.

»Papa, schau doch mal auf dein Handy, vielleicht *hat* sie ja schon längst angerufen!« Milli zerrte an seiner Hand.

Papa schüttelte sie mühsam ab und griff in seine Hosentasche.

Er stutzte.

Dann tastete er seine Hemdtasche ab. »Ich weiß nicht, wo es ist, das Handy«, murmelte er unsicher und räusperte sich.

Theo musste daran denken, was Papa gestern Mama auf die Mailbox gesungen hatte.

»In der Nacht hatte ich das Handy noch.« Papa rieb sich die Augen. »Ich hab da wirres Zeugs geträumt. Ein komischer Ritter kam auch drin vor, stell dir vor, Theo, und dann ist ein Auto explodiert.«

Theo triumphierte innerlich! Jetzt kam Papa endlich zur Sache! Er würde sich sicher bald dafür entschuldigen, dass er Theo für krank und verrückt und widerspenstig gehalten hatte!

»Unser Auto ist explodiert?«, fragte Milli erschrocken.

»Äh – nur im Traum«, sagte Papa. »War ein witziges Kerlchen, der Ritter. Er hieß Otto!«

»Das war kein Traum und es war nur Tarnung«, rief Theo. »Otto heißt in Wirklichkeit Kasimir!«

»Wann gibt es endlich Geburtstagskuchen?«, nörgelte Milli.

»Jetzt sofort und auf der Stelle«, sagte Papa und schien sehr erfreut zu sein, das Thema wechseln zu können. Er machte einen großen Schritt über Rosalinde, die zwischen den Stühlen und einigen Luftballons herumschnüffelte.

»Das Meerschwein ist ja immer noch da«, mur-

melte er. »Dabei bin ich doch inzwischen aufgewacht.«

»War er klein und dick, mein Ritter in deinem … äh … Traum?« Theo war nicht bereit lockerzulassen. Papa musste doch merken, dass er gestern Nacht äußerst wach gewesen war und dass er endlich den kleinen Ritter gesehen hatte, von dem Theo ihm die ganze Zeit erzählt hatte. »Und hatte Ruß an der Rüstung?«

Papa nickte, während er den Kuchen anschnitt. »Genau so war er, der Ritter.«

»Marmelade im Schuh! Aprikose in der Hose!«, rief Milli und hüpfte aufgeregt von einem Bein aufs andere.

»Geh doch mal aufs Klo, Milli«, sagte Papa seufzend, »du hampelst ja so herum!«

»Und wollte der Ritter dir beibringen, wie man Liebeslieder dichtet?«, fragte Theo weiter. Gleich würde er Papa so weit haben, dass er die Wahrheit erkannte!

Papa schaute unsicher auf. »Was weißt du von meinen Träumen?«

»Papa«, rief Milli vom Badezimmer. »Ich kann nicht gehen!«

»Wieso?«, rief Papa erstaunt zurück.

»Im Klo liegt dein Handy!«, rief Milli.

Papa ließ das Kuchenmesser fallen. »Im Klo? Also *im* Klo?«

»Was soll ich machen, Papa?«, rief Milli. »Soll ich auf das Handy pieseln? Vielleicht lässt es sich auch runterspülen!«

Papa stürzte ins Bad. »Nicht pieseln! Nicht spülen! Ich ... rette es, das Handy!«

Machte zu viel Wein vergesslich? Entweder hatte Papa komplett vergessen, was er gestern Nacht angestellt hatte, oder Kasimir hatte das Handy seines Herzogs fürsorglich ins Klo geworfen. So wie Papa es in seinem Lied versprochen hatte.

»Kaputt!« Papa machte ein gequältes Gesicht und hielt sein tropfendes Handy hoch. »Einfach nicht wasserdicht.« Plötzlich streifte etwas wie ein Lächeln seine Lippen. »Vera jedenfalls kann sich nicht beschweren.«

Ehe Theo nachhaken konnte, klingelte es.

»Nanu?« Papa sah nervös auf die Uhr. »Elf. Deine Gäste kommen doch erst um halb zwölf!«

Theo sprang auf, lief in den Flur und drückte auf den Türöffner.

Mara hüpfte die Treppe herauf. Als sie sein verdutztes Gesicht sah, lachte sie. »Hallo, Geburtstagskind! Herzlichen Glückwunsch!«

»Äh – danke!«, stotterte Theo und wurde rot. »Du bist zu früh!«

»Extra«, erwiderte Mara und zog ihre Schuhe aus. »Falls Kasimir noch Hilfe braucht!«

»Ach, du willst zu Kasimir!« Theo guckte etwas beleidigt.

»Quatsch – *du* hast doch heute Geburtstag!« Mara winkte mit einem länglichen Päckchen und flüsterte ihm zu: »Aber wenn die anderen alle da sind, können wir nicht mehr über Kasimir sprechen! Also! Hat er seinen Schatz schon gefunden?«

Theo senkte die Stimme. »Nein!«

»Mist!«, flüsterte Mara zurück.

»Er schläft noch!«, sagte Theo.

»Echt?!«

»Ja! Er hat die ganze Nacht mit Papa Dichten geübt und Papa hat Mama auf die Mailbox gesungen!«

»Gesungen? Cool!«

Theo nickte. »Allerdings war Papa ziemlich betrunken. Und ich fürchte, es klang nicht so toll.«

»Mist.«

»Und ich habe Kasimir gesagt, dass meine Geburtstagsgäste ein Spezialsuchtrupp für seine Schatzsuche sind!«

Mara kicherte. »Heißt das, du willst ihn allen vorstellen?«

»Nee, nee, bloß nicht«, wehrte Theo ab.

»Aber wir könnten trotzdem nach seiner schwarzen Kiste suchen! Viele Augen sehen mehr …« Sie hielt inne. »Und wenn wir einfach irgendeine …?«

»Irgendeine was?«, fragte Theo.

Mara überlegte. »Wenn wir einfach … irgendeine schwarze Kiste auftreiben und Kasimir sagen, dass das sein Schatz ist? Er weiß ja nicht, was drin ist!«

»Wow!« Theo sah sie bewundernd an. »Plan D!«

Mara grinste und reichte ihm das Geschenk. »Doch erstmal bekommst du dieses hier!«

Theo spürte, wie seine Nase vor Freude juckte.

»Wer ist es denn?«, rief Papa aus dem Wohnzimmer.

»Mara«, antwortete Theo.

»Sie ist zu früh!«

»Ja – aber soll ich sie wieder heimschicken?«, rief Theo zurück.

Sie hörten Papa aufseufzen. »Nein, nein, ich sag ja nur, dass sie zu früh ist.«

»Mach schon auf!« Mara warf ihre Jacke in die Ecke.

Theo riss das Geschenkpapier auf. »Mensch! Ein Drachen!«

Mara nickte zufrieden. »Mit lila Fransen! Den können wir bald mal fliegen lassen! Ich hab auch so einen zu Hause!«

16. Kapitel

»Ruhe!«, rief Papa so laut er konnte und stellte sich auf einen Stuhl. Es sah ziemlich wacklig aus.

Alle hörten auf, durcheinanderzuschreien und auf dem etwas zu schwarzen Schokokuchen herumzukauen. Alle, das waren Micha, Ludwig, Alva und natürlich Theo, Mara und Milli.

»Also«, fuhr Papa fort, als ihn alle erwartungsvoll anstarrten, »die Schnitzeljagd kann beginnen!«

»Wieso jagen wir Schnitzel?«, fragte Milli. »Ich dachte, wir gehen auf Schatzsuche!«

Es ist manchmal nicht leicht, seiner vierjährigen Schwester alles dreimal erklären zu müssen.

»Äh …« Papa schien etwas aus dem Konzept gebracht. »Ja, also es gibt Schnitzel – nein, Zettel, die euch den Weg weisen werden. Aber eigentlich wollte ich ganz anders anfangen. Wartet mal.«

Er kramte in seiner Hosentasche und holte einen Zettel heraus.

»Mein Suchtrupp folge mir«, ließ sich plötzlich eine krächzende Stimme vernehmen. »Ausschwärmen! Nach oben!«

Alle lachten.

»Mensch, Alva«, sagte Micha und knuffte Alva in die Seite.

Der sah ihn erstaunt an. »Was ist?«

Theo und Mara warfen sich einen Blick zu. Anscheinend war Kasimir aufgewacht. Und anscheinend hatte er beschlossen mitzusuchen. Auch wenn er sich bislang noch nicht hatte blicken lassen. Was würde passieren, wenn er mitten im Wohnzimmer auftauchte?

»Der Weg führt auf die Turmspitze!«, rief die Stimme wieder.

»Von Türmen war nie die Rede«, erwiderte Papa erstaunt und blickte in die Runde, aber er konnte nicht ausmachen, wer gesprochen hatte. »Ich habe von Schnitzeln gesprochen – äh, von Zetteln. Also. Ein furchtbarer Drache hat den Schatz geklaut, der seit Jahrhunderten in dieser Burg verborgen war!«

»Ha!«, war Kasimirs Stimme wieder zu hören. »Dieses Miststück hat also meinen Schatz! Da kann ich ja lange suchen!«

Die Kinder lachten.

»So finden wir den Schatz nie«, zischte Theo eindringlich. Welchen er meinte, konnte Kasimir ja nicht wissen.

»Pst«, machte Papa, »ich muss mich bitte schön auch konzentrieren dürfen!«

»Das war nur Alva«, meinte Micha. »Der quasselt auch in der Schule immer dazwischen!«

»Ich war es nicht«, protestierte Alva.

Theo schaute sich um. Kasimir musste direkt hinter Alva stehen – vielleicht unter dem Stuhl?

»Glücklicherweise hat der Drache seine Spuren nicht gänzlich verwischen können«, fuhr Papa fort. »Aber hütet euch! Haltet zusammen! Der Drache ist näher, als ihr glaubt!«

»Ich habe Drachenkraut«, ließ sich Kasimir vernehmen.

»Ich habe echt nichts gesagt«, stammelte Alva schnell, als Papa ihn streng über den Rand seiner Brille hinweg musterte.

»Es gibt wichtige Schatzkarten, die euch den Weg weisen werden …« Papa zauberte hinter seinem Rücken ein zusammengerolltes Stück Papier hervor. »Hier ist schon die erste. Theo – Geburtstagskind –, du darfst sie ausrollen und vorlesen.«

Papa hatte sich echt Mühe gegeben. Der Zettel war an der einen Seite leicht angekokelt, damit er besonders alt und ehrwürdig aussah. Beinah wie Kasimirs Schatzkarte.

Theo las laut: »*Was braucht ein Ritter zum Rittersein? Antwort A: Schafe – schaue unterm Bett. Antwort B: Drachen – schaue im Kühlschrank nach. Antwort C: ein Pferd – schaue unter dem Tisch.*«

»Ein Pferd!«, riefen alle durcheinander und stürzten zum Tisch. Unten an der Tischplatte hatte schon die ganze Zeit ein zweites Papier geklebt. Aber vor lauter Kuchenessen und Weißemäuseknabbern war es niemandem aufgefallen.

»Ich will lesen!«, rief Micha und faltete es auseinander. Alle scharten sich gespannt um ihn, und so hörte niemand das leise Stöhnen: »Ah – Mäuse!«

Aus den Augenwinkeln sah Theo, wie Kasimir mit gezücktem Schwert auf den Tisch sprang.

»Herhören!« Micha hielt den Zettel hoch. »Hier steht: *Geht zum nächsten Wasserfall, den ihr finden könnt!*«

»Hä?« Ludwig riss ihm den Zettel aus der Hand. »Wasserfall?«

»Das Klo, das Klo!«, brüllte Milli. »Ich hab schon gesehen, da hängt ein Zettel!«

Die Kinder drängelten zum Bad, während eine Stimme vom Tisch mit sehr vollem Mund schrie: »WaffolldafgefafelvoneinemWafferfall? Turmfpitfe! Daffboden! Dort geht ef hin!«

Doch in dem ganzen Durcheinander beachtete niemand den kleinen Ritter.

»Da ist der Zettel!« Diesmal hatte Milli ihn sich geschnappt. »Was hab ich gesagt? Hier, Theo, lies!«

Theo wusste schon, was darauf stehen würde: »*Hatten die Ritter schon Wasserspülung? Ja – Nein* oder *Nur die reichen.*«

»Nur die reichen«, tippte Alva. »Oder meint ihr, nur Könige?«

»Quatsch, die hatten damals alle Plumpsklos«, fiel ihm Mara ins Wort.

»Iiih«, rief Ludwig mit zugehaltener Nase. »Also ist *Nein* die richtige Antwort. Was steht dabei?«

»Moment …« Theo schaute nach. »*Abmarsch zum tiefsten Raum des Hauses!*« Er schaute verständnislos auf.

»Na, in den Keller!«, rief Micha. »Oder habt ihr keinen?«

»Doch, haben wir«, nickte Theo.

»Mäufe! Noch mehr Mäufe!«, tönte es in der Ferne.

Gleichzeitig steckte Papa gut gelaunt den Kopf herein und grinste.

»Ha!«, rief Ludwig. »Ertappt! Du kannst aber gut die Stimme verstellen!«

»Was kann ich?«, fragte Papa überrascht.

»Nichts«, sagte Theo schnell.

»Sehr freundlich!«, sagte Papa. »Habt ihr schon den nächsten Hinweis?«

Micha zwinkerte Theo zu. »Guter Schauspieler, dein Papa, echt! In der ersten Klasse wäre ich noch drauf reingefallen!«

»Wir müssen in den Keller«, rief Milli. »Denn die Ritter hatten keine Spülung!«

Es war gerade halb zwei, als die Kinder grölend die Treppe hinunterjagten und die Wohnungstür hinter sich krachend ins Schloss fallen ließen.

Kasimir, der gerade frisch gestärkt vom Tisch springen wollte, starrte ihnen fassungslos nach.

Im Treppenhaus konnte man eine empörte Stimme vernehmen. Es klang wie »Wassolldasichmussauchmit!« und »ManwirddochmaleineMausessendürfen!« und »Rausmussichnachoben!«

Aber Theo hörte nichts, er war im Keller hinter zwei dicken Brandschutztüren mit höchst schweren Rätseln beschäftigt. Denn es war gar nicht so leicht zu sagen, ob Island zu Europa gehört und ob Eichhörnchen Winterschlaf halten.

So bekam Theo auch nicht mit, wie eine blonde

Frau die halb angelehnte Haustür aufschob und stöhnend einen schwarzen Rollkoffer die Treppe hinaufschleifte, um schließlich bei *Herzig* zu klingeln.

Und natürlich hörte er durch die zwei dicken Brandschutztüren auch nicht, wie die Stimme, die er sehr gut kannte, von drinnen krächzte: »Theo Bald Herzog! Bist du das? Mein Suchtrupp hat die Schatzkarte nicht bei sich! Ich muss raus!«

Und er sah auch nicht, wie die blonde Frau stutzte. Noch einmal aufs Namensschild schaute. Und dann zurückrief: »Und ich muss rein!«

Woraufhin die Stimme im Inneren der Wohnung verstummte.

»Hallo?«, rief die blonde Frau jetzt. »Da ist doch jemand! Ich habe meinen Schlüssel in Italien verloren! Aufmachen!«

»Zeig mir erst deine Pfote«, klang es drohend von drinnen. »Du Drachenvieh! Ha! Ich muss das Reich bewachen!«

Die blonde Frau sah sich unsicher um. »Theo? Milli? Anton? Wer murmelt denn da so wirres Zeug?«

Sie lauschte. Doch jetzt blieb alles still.

Ungeduldig klopfte sie gegen die Tür.

Nichts.

Sie klingelte Sturm.

Wieder nichts.

Schließlich meldete sich die Stimme wieder. »Hier ist niemand! Hinfort! Ich habe Drachenkraut!«

Die blonde Frau schaute ziemlich beunruhigt. »Aber … es muss doch jemand da sein. *Niemand* kann nicht sprechen! Das ist *meine* Wohnung! Aufmachen!«

»Diese Burg bewohnt der Herzog«, tönte es von drinnen. »Und dies ist nicht seine Stimme!«

»Herzog? Welcher Herzog? Anton, ist das ein schlechter Scherz von dir?«

Keine Antwort. Erschöpft setzte sich die blonde Frau auf ihren schwarzen Koffer. Als sie eine Zeit lang nachgedacht hatte, zückte sie ihr Handy, wählte und wartete. »Mist. Geht einfach nicht hin! Ich war doch nur vier Tage weg! Was ist denn passiert?«

Sie lauschte.

Plötzlich drang gedämpftes Gebrüll von unten herauf. Kindergebrüll. Jubel.

Und dann stürmte die Horde Kinder die Treppe wieder hinauf, allen voran Theo und Mara. Nur Milli hatte sich mit-

ten im Heizungskeller auf den Boden geworfen, weil Alva und nicht sie selbst die Schatzkiste entdeckt hatte, und Papa diskutierte gerade noch mit ihr.

Als die Kinder den Treppenabsatz erreichten, blieb Theo wie angewurzelt stehen.

»He!« Mit Karacho rannte Mara in ihn hinein, doch dann verstummte sie, denn jetzt sah auch sie die Frau auf ihrem schwarzen Koffer.

»Theo!«, rief die Frau und sprang auf. »Herzlichen Glückwunsch, mein Großer!«

»Mama!« Theo fiel ihr um den Hals.

»Wein doch nicht«, sagte die blonde Frau dann noch, die natürlich Mama war, aber sie schniefte selbst auch ein bisschen.

»Mama«, flüsterte Theo. »Bist du jetzt wieder da? Wirklich wieder da?«

»Ja«, nickte Mama und streichelte ihm über das Haar.

»Aufsperren! Aufsperren!«, grölten Micha und Ludwig und winkten mit ihren Gummischlangen. Sie hatten weder mitbekommen, dass Theos Mama weg gewesen noch dass sie wiedergekommen war. Alva stemmte stolz die Schatzkiste in die Höhe. »Jetzt gibt es Schokoladenessen!«

»Aufsperren musst du«, sagte Mama zu Theo. »Ich … hab meinen Schlüssel verloren!«

Theo nestelte sich seinen Schlüssel vom Hals.

Die Jungen drängelten an ihm vorbei ins Kinderzimmer.

Mama trat hinter ihnen ein und sah sich um. »Ist da noch einer?«

»Papa ist im Keller«, sagte Theo schnell.

»Nein, ich meine jemand anders, mit einer krächzenden Stimme. Er hat Drachenkraut.«

Theo begriff sofort. »Du meinst Kasimir? Das … ist … na ja …«

»… ein Ritter!«, ergänzte Mara. »Und ich bin übrigens Mara.«

»Ach?«, sagte Mama und schaute kariert. »Weißt

du was, ich habe plötzlich das Gefühl, eine halbe Ewigkeit weg gewesen zu sein!«

»Das warst du ja auch«, sagte Theo leise.

»Ich habe versucht, Papa auf dem Handy anzurufen«, sagte Mama und schob den Rollkoffer in den Flur. »Aber nichts!«

»Kein Wunder, Papa hat sein Handy ins Klo geschmissen«, sagte Theo.

»Echt?«, rief Mara. »Cool!«

»So ernst hat er es gemeint?«, flüsterte Mama. »*Komm und ich mach dich froh, und ich schmeiß das Handy ins Klo!* So hat er gesungen. Dabei hing er so an seinem neuen Handy!«

»Eben drum hat er es weggeschmissen!« Theo sah Mama fest in die Augen. »Weil er ... an dir mehr hängt!«

Mama stöhnte. »Es ist wohl höchste Zeit, dass ich zurückkomme! In meiner eigenen Wohnung gibt es Ritter. Anton schmeißt sein Handy ins Klo. Und ich kenne die Freunde meiner Kinder nicht mehr!«

»Willst du immer noch deine Freiheit?«, fragte Theo vorsichtig. »Oder ... bleibst du jetzt wieder bei uns?«

Mama sah ihn an. »Hast du dir Sorgen gemacht, dass ich euch sitzen lasse?«

Theo nickte. »Papa auch.«

»Man darf mal seine Freiheit wollen«, sagte Mama, »und trotzdem weiter zur Familie gehören. Ich fand die Reise mit Ragnar wunderbar! Aber schon nach der ersten Pizza hatte ich Sehnsucht nach euch!«

»Na?«, sagte Mara leise. »Hab ich es nicht gesagt? Du hast dir viel zu viel Sorgen gemacht.«

»Nein«, sagte Theo. »Ich habe mir nicht nur Sorgen gemacht, ich hatte richtig Angst.«

»Vera!«, rief Papa in diesem Moment, als er mit Milli durch die Tür kam. »Schein Matz! Äh – mein Schatz!«

»Mama!«, schrie Milli. »Wir haben Schnitzel gejagt!«

»Anton! Milli!«, sagte Mama und lachte.

Sie nahm die beiden in die Arme.

Theo spürte tief im Bauch eine unbeschreibliche Erleichterung.

»Du hast das Liebesliedsingen für mich gelernt«, stellte Mama fröhlich fest und zog Papa und Milli ins Wohnzimmer.

»Schaut doch, werter Theo bald eigentlich Herzog«, hörte Theo in diesem Augenblick jemanden wispern.

Unter dem Garderobenständer kauerte Kasimir und deutete auf Mamas schwarzen Rollkoffer. Hinter ihm fiepte Rosalinde.

Es war gerade drei.

18. Kapitel

»Ganz schwarz!«, sagte Kasimir aufgeregt und klopfte an den Rollkoffer. »Rosalinde, das ist er, mein Schatz!«

Das Meerschweinchen schnüffelte interessiert.

»Und überhaupt nicht vergraben – ganz genau wie es im Spruch heißt!« Mara zwinkerte Theo zu.

Der grinste zurück. »Gib doch noch einmal deine Schatzkarte her, Kasimir!«

Ohne den Blick von Mamas Koffer abzuwenden, reichte der Ritter Mara sein Pergament. Feierlich las sie den Spruch noch einmal vor:

»Wer Schätze sucht, der wisse,
nur selten liegen sie vergraben.
Suchst unten du, sind oben sie ...«

»Was habe ich gesagt!«, unterbrach sie Kasimir. »Die ganze Zeit habe ich es gesagt, aber dein Suchtrupp hat nicht auf mich gehört! Es lohnt sich nicht, unten zu suchen! Oben sind Schätze zu finden!«

»*Und meist sind sie nicht gleich zu haben*«, fuhr Mara fort.

»So mancher wartet in der Ferne.
Drum suche fleißig, emsig, gerne.«

»Oh, wie war ich fleißig«, nickte Kasimir mit hochrotem Kopf. »Unritterlich fleißig!«

»Und dieser Schatz kommt eindeutig aus der Ferne«, fügte Theo hinzu. »Alles passt!«

Kasimir zückte sein Schwert. Dann deutete er

triumphierend auf den Garderobenständer. »Wusste ich es doch! Unter einem Baum.«

»Theo! Mara!« Aus dem Kinderzimmer riefen die anderen nach ihnen.

»Gleich! Ich … bin auf dem Klo!«, schwindelte Theo.

Klack! Kasimir war auf den Koffer gesprungen und hatte sein Schwert in das Schloss gebohrt.

Der Kofferdeckel hüpfte auf. Allerhand Blusen und Pullis quollen heraus und begruben den kleinen Ritter mit seinem Meerschweinchen beinah unter sich.

Eine Tüte purzelte hinterher.

Eine goldene Tüte mit der Aufschrift *Souvenirs*.

»Gold!«, schrie Kasimir auf und stürzte hin.

Er zupfte ein rosa Spitzentuch heraus, das mit nackten Statuen bedruckt war. »Ah! Oh! Samt und Seide für meine Braut!«, juchzte er und fuhr mit seinen Ritterhänden zärtlich über den weichen Stoff.

»Äh – das sind Mitbringsel«, entfuhr es Theo.

»Pst!«, unterbrach ihn Mara schnell. »Spinnst du? Das ist Kasimirs Schatz!«

Theo nickte schnell. »Natürlich!«

Kasimir legte Rosalinde das Spitzentuch um und rollte als Nächstes eine Glaskugel aus der goldenen Tüte. In der Kugel war ein kleiner schiefer Turm zu sehen. Einige Schneeflocken trieben daran vorbei.

»Eine Zauberkugel!«, rief Kasimir noch begeisterter und schüttelte sie, so gut er es konnte. »Ich kann Herzeloides Burg in der Ferne sehen! Ist gerade schlechtes Wetter dort! Winterlich! Die Wetterfee hatte nicht recht!«

»Theo!«, hörten sie jetzt wieder aus dem Kinderzimmer. »Wo bleibst du denn jetzt! Sollen wir ohne dich anfangen?«

Kasimir lud ächzend auch noch die Kugel auf Rosalindes Rücken und blickte Mara und Theo feierlich an. »Freunde! Ohne euch wäre ich verloren gewesen! Welche Freude!«

»Du«, gab Theo zurück, »hast mir auch sehr geholfen!«

»Nicht der Rede wert«, winkte der kleine Ritter ab. »Dazu sind Helden da! Sie werfen im richtigen Augenblick ein Handy ins Klo!«

Plötzlich hielt er inne und kramte seine Taschenuhr aus seiner Rüstung.

»Es ist erst halb vier!«, seufzte er beruhigt auf. »Ein wenig Zeit bleibt mir noch!«

Theo und Mara sahen sich an.

»Was für ein Glück, dass Mamas Koffer schwarz ist«, sagte Theo leise.

Mara nickte stolz. »Letzte Rettung, würde ich sagen!« Sie hielt inne. »Wo ist Kasimir?«

Die Wohnungstür stand halb offen.

Aus dem Treppenhaus war ein Triumphschrei zu hören.

»Schnell!« Theo packte Mara an der Hand und sauste mit ihr die Treppe hinunter, durch die offene Haustür in den Garten.

Niemand zu sehen.

Nur das Gartentor schwang leise auf und zu, als wäre ein Wind hindurchgefahren.

»Kasimir!«, rief Theo.

»Der ist weg«, stellte Mara fest.

Theo war plötzlich traurig. Er hatte sich so an den Ritter gewöhnt.

Von oben hörte er Papa rufen. »Theo?! Wir wollten alle zusammen Schokoladenessen spielen! Mama spielt auch mit! Bist du etwa draußen?«

»Mein Koffer! Ach du Schreck!« Das war Mama.

»Was wirst du deiner Mutter sagen, wenn sie merkt, dass die Souvenirs weg sind?«, fragte Mara und kicherte los.

Theo grinste zurück. »Na was wohl! Dass ein kleiner Ritter sie genommen hat!«

»Theo?«, rief Milli durchs Treppenhaus. »Mama sagt, am nächsten Wochenende fahren wir alle gemeinsam weg, damit wir mal gemeinsam unsere Freiheit haben. Und Papa will zur Feier des Tages kochen! Toll, was?!«

»Hoffentlich keine Frikadellen und keinen Spargel«, murmelte Theo, aber er freute sich trotzdem.

»Pst!« Mara zog ihn zu sich. »Hörst du?«

Theo lauschte.

Er hörte sein Herz klopfen.

Er hörte Maras Atem.

Und dann hörte er noch etwas. Im Mülltonnenhäuschen schien etwas zu zischen und zu knurren. Es klang haargenau wie ein Drachenungetüm, so ein lila geschupptes.

Mara sah ihn fragend an. »Wo geht's dahin?«

Theo packte ihre Hand. »Wollen wir nachschauen? Du hast doch Drachenkraut, für den Fall der Fälle?«

»Ja«, sagte Mara, »ich habe Drachenkraut. Für den Fall der Fälle.«

Es war gerade halb vier.